AF303058

Toutes les rivières vont à la mer

La Roxelane

Deuxième volet

Toutes les rivières vont à la mer

Roman

FSC
www.fsc.org
MIXTE
Papier issu
de sources
responsables
Paper from
responsible sources
FSC® C105338

Marie FOGLIA

Toutes les rivières vont à la mer

La Roxelane

Deuxième volet

Roman

Illustrations : Marie Foglia

Édition : BoD – Books on Demand, info@bod.fr
Impression : BoD – Books on Demand, In de Tarpen 42, Norderstedt (Allemagne)

Impression à la demande

ISBN : 978-2-3225-3740-2
Dépôt légal : Juin 2024

Toutes les rivières vont à la mer et la mer n'est point remplie.

L'ecclésiaste, Ancien Testament

Octroyons aux affranchis les mêmes droits, privilèges et immunités dont jouissent les personnes nées libres, voulons qu'ils méritent une liberté acquise et qu'elle produise en eux, tant pour leurs personnes que pour leurs biens, les mêmes effets que le bonheur de la liberté naturelle cause à nos autres sujets.

Article 59, édit de 1685 (Code Noir)

Mais dès la fin du XVIIe et le début du XVIIIe siècle, sans abolir l'édit, la législation locale suivit les usages et les préjugés et mit une barrière infranchissable entre la condition des Libres et celle des Blancs.

Paul Butel, histoire des Antilles françaises

A Gilles

A Benoît

LA ROXELANE

Résumé du 1er volet

A Saint-Pierre, sur l'immense plantation *La Roxelane*, Enguerrand perpétue la fortune des Bourdeuil, bâtie par son père Antoine, sur le sang et la sueur des esclaves. A ses côtés, Estelle épouse aimante, apporte bonté et humanité, dans un système avilissant qui meurtrit les corps et les âmes.

Gabriel, l'ancien esclave en fuite d'Enguerrand, devenu soldat de Louis XIV durant les guerres en métropole, a été affranchi par Xavier, le capitaine de marine, après lui avoir sauvé la vie au cours de la bataille de Denain.

A son retour à Saint-Pierre, Gabriel retrouve et épouse Elisabeth, la belle lavandière de la Roxelane. Il se découvre père d'un petit garçon, Maxence, né pendant ses campagnes militaires. Il reprend la licence de menuisier de son beau-père. Il pourrait couler des jours heureux auprès d'Elisabeth, mais leur deuxième enfant, Louna, leur est enlevée par Enguerrand, à la suite d'une machination. Elisabeth est dévastée et Gabriel rêve de se venger.

Le bourg de Saint-Pierre est le centre de presque tout le commerce qui se fait aux iles du Vent de l'Amérique. C'est à sa rade qu'abordent tous les bateaux venant d'Europe du Mississipi et autres lieux.

Le directeur du Domaine

1-1730, SAINT-PIERRE, LOUNA

Sous un soleil ardent, Louna remonte à l'habitation après la lessive hebdomadaire. Le linge mis à *l'ablani,* à blanchir, a séché sur les pierres plates de la rivière Roxelane. Elle charge le panier sur sa tête et rejoint le chemin escarpé tout en gardant son équilibre et sa posture altière. Elle s'est baignée dans le torrent, le bas de sa robe est trempé. L'eau et la sueur sinuent encore entre ses seins. L'homme à cheval qui surgit brusquement devant elle, la fait sursauter. Elle étouffe un cri de surprise et voulant fuir, lâche le panier de linge.

— Non, non ! Attends, je ne te veux pas de mal. Je me suis perdu.

L'étranger descend de cheval. Sa crainte s'accroit. Les yeux si clairs qu'ils en sont transparents, troués de deux pupilles sombres, sont profondément enchâssés dans leurs orbites. Les épais sourcils gris donnent à son visage un air d'oiseau de proie. Des sillons de fatigue viennent creuser ses joues hâves. Ses habits sont couverts de poussière. Elle se secoue. Ce n'est qu'un homme après tout, pas un *dorlis, un esprit* des histoires de la quimboiseuse[1] et sa tenue de bonne facture quoique sale, trahit une certaine aisance. L'inconnu hoche la tête, en la jaugeant comme pour lui donner le temps de finir son examen.

— Que fais-tu seule si loin de tout ?

Elle reprend son aplomb.

— Ce n'est pas votre affaire !

— En voilà des manières ! Comme tu réponds !

— Je réponds comme je veux. Je ne suis pas une esclave, je suis libre. Et je sais où est mon chemin. Mais vous, vous allez où ?

— Je cherche l'habitation de Bourdeuil. On m'a dit qu'elle ne se trouvait pas loin d'ici, mais cela fait des heures que je marche dans cette fournaise et que je tourne en rond.

---

[1] Sorcière

— Oh, vous allez à la Roxelane, alors ? Suivez-moi, je vais vous y conduire, je rentre.

— Oui, attends !

Tenant toujours sa monture par la bride, il lui saisit le bras. Elle s'attendait à un geste de sa part et se dégage aussitôt. Cet inconnu n'a pas à la toucher. Seuls les points noirs des pupilles viennent ponctuer l'expression énigmatique de ses yeux sans couleur. On ne sait pas ce qu'il regarde. Verrait-elle son âme si elle sondait ces yeux étranges ?

— Je ne voulais pas te faire peur. Comment t'appelles-tu ?

— Eléonor, mais tout le monde m'appelle Louna.

— Louna… c'est un joli prénom, remarque-t-il en s'approchant si près qu'elle peut sentir l'odeur de sa sueur. Elle se force à garder un air serein pour ne pas laisser voir son malaise. Elle se penche pour reprendre le panier de linge.

Confuse, elle emprunte le chemin qui mène à l'habitation à travers les halliers. Ils cheminent sans parler de longues minutes avant d'apercevoir les palmiers royaux qui signalent la propriété. Les bosquets d'alamandas jaunes et les bougainvillées fuchsia éclaboussent les bords de l'allée menant à l'imposante demeure d'un blanc éclatant, tranchant sur la pelouse veloutée. L'arche de bois surmontant le chemin de terre annonce fièrement le nom de l'habitation « la Roxelane ». Au loin, majestueuse et couronnée de nuages, la Montagne Pelée règne.

— Nous sommes arrivés, dit-elle en posant le panier.

Son mouvement effraie le cheval qui fait un brusque écart. Elle lève le bras pour se protéger et perd l'équilibre. Le visiteur la retient pour l'empêcher de tomber. En la relâchant, sa main s'attarde sur la sienne dans un mouvement appuyé. Elle lève la tête pour se heurter une nouvelle fois aux yeux de frégate[2], affamés et perçants.

— Louna ! Louna ! appelle une voix impatiente. Tu en as mis du temps aujourd'hui ! Je t'attends pour mettre la dernière main à mon trousseau.

— Oh ! Pardon Mademoiselle Charlotte, s'excuse-t-elle.

Une jeune fille brune et boudeuse se dresse d'un air réprobateur en haut du perron. C'est Charlotte, l'une des filles d'Estelle et d'Enguerrand.

— Ce n'est pas sa faute, intervient l'homme. Je l'ai retardée pour lui demander mon chemin.

L'inconnu ôte son chapeau en s'inclinant légèrement devant Charlotte.

— Et vous êtes ?

---

[2] Oiseau marin

— Mon nom est Frans de Witt, je suis commerçant et je viens rencontrer Monsieur de Bourdeuil.

— Père est absent en ce moment, il ne devrait rentrer que ce soir.

— Puis-je l'attendre Mademoiselle ? Cela me permettra de me reposer un peu dit-il en sortant un mouchoir à carreaux pour essuyer son front en sueur.

Charlotte hésite. Le marchand a bonne allure malgré la poussière de ses habits et la fatigue de ses traits. La bienséance finit par l'emporter.

— Louna, va chercher Mère. J'attends ici avec monsieur.

— Tout de suite Mademoiselle.

Louna tourne les talons et s'engouffre dans la maison à la fraîcheur prometteuse. Elle se dirige vers le grand escalier menant aux chambres. Les caméristes sont en train d'astiquer la rampe en bois ouvragé et le couloir dégage un agréable parfum de cire d'abeille. Elles pointent le menton dans sa direction puis se détournent à son approche, mi méprisantes, mi envieuses. Sans un regard, Louna se presse vers la plus grande chambre. Estelle est installée à sa table de couture.

Les années et les chagrins ne l'avaient pas épargnée et sa silhouette s'était alourdie. Elle se rendait moins souvent à la rue case nègres et ne montait plus à cheval à califourchon. Son attitude restait avenante et bienveillante à l'égard de Louna, sa fille d'adoption.

— Madame Estelle ?

— Oui ma fille, entre donc ! Qu'y a-t-il ?

— Un monsieur demande à voir Monsieur. Mademoiselle m'envoie vous chercher.

— Ah tiens ? Qui est-ce ?

— Je ne sais pas Madame Estelle …

Estelle se lève, lisse ses jupes pour en ôter les fils de l'ouvrage qu'elle tenait. Elle replace les ciseaux dans le panier d'osier d'où dépassent bobines de fils et pièces de tissus.

— Bien, je descends.

Les deux femmes parviennent dans le hall de la demeure. Charlotte peine à cacher son exaspération en les voyant arriver.

— Louna, il faut finir de ranger le trousseau ! Mes robes ne sont pas toutes repassées. Nous allons être en retard et Mère Alix me fera encore tourner les sangs avec ses reproches !

Louna réprime un haussement d'épaules. L'impatience de Charlotte est compensée par les générosités d'Estelle qui a veillé à remplacer sa mère.

Sa mère. Elle ne se souvient plus de la dernière fois qu'elle l'a vue. Elle reste une image idéale, un rêve jamais exaucé, un souhait toujours refusé. Elle a en mémoire une femme fière et belle aux yeux dorés de miel liquide, qui venait à l'habitation porter le linge blanchi et repassé de Madame et Monsieur. Estelle était encore plus chaleureuse qu'à l'ordinaire avec la femme qui venait de la ville.

— Ma chère Elisabeth, disait-elle, venez, l'enfant est là.

On l'amenait alors, elle, toute petite et Elisabeth la couvrait de baisers et la cajolait. Estelle les regardait d'un air navré, leur laissait du temps avant de les séparer et de donner congé à Elisabeth.

— Pressez-vous, mon époux peut arriver d'un instant à l'autre.

— Oui, oui ! Oh ! Encore un moment. Ma douce, mon enfant, ma Louna ! Souviens-toi que ta maman t'aime et ne t'oublie pas, disait la femme en retenant ses sanglots.

Elisabeth se levait, le cœur et le pas lourds, avant de repartir vers la ville, chargée des paniers de linge. Estelle aimait sincèrement Louna et ne la traitait pas différemment de ses enfants. Louna bénéficiait de l'instruction dispensée par Monsieur Pierre David le précepteur de Charlotte et Flora. Enguerrand avait débauché ce Français qui enseignait dans la petite école de la commune du Prêcheur. Il savait lire et écrire, c'était suffisant pour qu'il apprenne à ses enfants et leur donne les premiers rudiments de culture. Le prêtre venait pour la nécessaire éducation chrétienne qui devait être inculquée à la jeunesse. Les garçons allaient ensuite au collège Massabielle et les filles au couvent de Saint-Pierre. Là s'étaient arrêtés les bienfaits d'Estelle pour l'instruction de Louna. Il n'était pas pensable que l'enfant se rende au couvent au même titre qu'une blanche.

Louna était intelligente et les efforts de réflexion et de mémorisation imposés lui plaisaient. Elle savait signer de son nom, lire et écrire, quand les esclaves étaient volontairement maintenus dans l'ignorance pour supporter leur sort. Mais sa position privilégiée lui valait jalousie et inimitiés. Les esclaves la détestaient. « Mal blanchie !», « Chaise-madame ! » soufflaient-ils sur son passage, parce qu'elle se tenait souvent derrière la chaise d'Estelle toujours prête à devancer ses souhaits. Plus jeune, Louna ne comprenait pas ce mépris. Elle ne pouvait pas appeler Estelle «Mère » et on lui disait de taire les cajoleries d'Elisabeth. Les enfants d'Estelle ne l'associaient plus à leurs jeux quand ils recevaient des visites mais il lui était interdit de se rendre à la rue Case' Nègres. Elle n'était pas esclave mais elle était noire. La dureté des conditions de vie de ses semblables pouvait expliquer leur rancœur quand elle était bien nourrie et choyée, dans la grande maison aux colonnades blanches.

Un jour, Enguerrand l'époux d'Estelle et le maître de la plantation avait surpris une scène de pleurs trop bruyante à son goût. Irrité, car il s'estimait d'une grande mansuétude, il avait ordonné à Estelle de choisir une autre lavandière. Et les visites d'Elisabeth à Louna avaient cessé.

2 – LE HOLLANDAIS

La nuit tombe quand Enguerrand, le maître des lieux se présente enfin à l'habitation. Estelle se précipite sur le perron pour accueillir son époux. Elle ne laisse le soin à personne de lui ôter son chapeau. D'un geste de tendresse, elle lui passe la main sur le front pour écarter l'épi récalcitrant malgré les années. Enguerrand l'embrasse sur la joue en la pressant distraitement contre lui. Elle hume l'odeur de cuir qui se dégage de sa personne. D'habitude, elle initie à ce moment leur première discussion de la soirée. Pas cette fois.

— Mon ami, vous avez un visiteur. Il vous attend au petit salon.

Enguerrand retient le geste de se déchausser. Il porte encore beau. Les longues chevauchées ont maintenu la robustesse de sa musculature et le grand air a donné à son teint une couleur basanée, du plus bel effet avec l'argent de sa chevelure. Le regard d'un brun chaud reste autoritaire et imposant. Il traverse la véranda à grandes enjambées. Les bougies sont allumées dans le salon et une douce lumière baigne les meubles d'acajou.

— Monsieur…, que me vaut le plaisir ?

— Frans de Witt pour vous servir. Je viens discuter de nos intérêts communs.

Enguerrand se laisse tomber dans un fauteuil.

— Oh ! Vous êtes hollandais ! A votre accent, j'aurais pu deviner votre origine avant d'entendre votre nom, Un punch ? » propose t-il au visiteur.

D'un geste de la main, il fait signe à l'esclave qui se tient près de la desserte et s'empresse aussitôt.

« Comment avez-vous pu passer le canal de la Dominique ? Les Anglais menacent sans arrêt toutes les entrées.

— J'ai d'abord fait relâche à Saint-Eustache, au Nord de la Guadeloupe. Nos bateaux sont bien plus rapides que ceux des Britanniques. Avant qu'ils ne nous repèrent, nous sommes déjà hors d'atteinte. Et nous connaissons toutes les passes des eaux antillaises.

— Il est curieux qu'une petite nation comme la vôtre soit aussi prospère, mais avec des téméraires comme vous, cela n'est pas surprenant », sourit-il. « Vous parliez de nos intérêts communs… »

— Oui, je me suis laissé dire que les habitants-sucriers de votre île étaient en délicatesse avec l'Exclusif.

— Ce n'est un secret pour personne, le Roi Louis XV perpétue les lois de son arrière-grand-père, Louis XIV. Nous ne sommes pas près d'échapper aux griffes de la métropole qui s'enrichit sur notre dos. Mais il en est de même pour toutes les colonies, n'est-ce pas ? Même pour celles des Provinces-Unies ?

Le marchand batave balaie la remarque d'un revers de main. « Nos colons parviennent avec un certain succès à déjouer les rigueurs du gouvernement qui voudrait les assujettir. Il est même question pour notre parlement de supprimer les droits d'importation. Vous imaginez l'aubaine !

— Quelles denrées indispensables allez-vous me proposer ? Vous avez fait le déplacement jusqu'ici pour une bonne raison ?

— J'y viens, Monsieur, j'y viens », reprend le Hollandais. « Nos douves de chêne sont les meilleures du monde, elles font de très bons tonneaux. Vous avez du rhum à exporter, soyez certain que votre précieuse boisson ne fuira pas.

— Le campêche de nos campagnes est bien suffisant pour cela. Vous m'enverrez du bois qui prendra l'humidité de la mer et qui sera vermoulu avant d'arriver. »

Le Hollandais avait songé à cette objection d'Enguerrand. Ses entrepôts de Saint-Eustache regorgent de marchandises et les bateaux qui viennent d'être affrétés ont déjà pris la mer.

— Soyez rassuré, les douves sont déjà sur place dans les Caraïbes. Les capitaines n'attendent qu'un signe de ma part. Mais si vous préférez notre offre de cale, le bois-Brésil remplit le même office et son origine le rend imperméable.

Enguerrand n'est pas convaincu par la qualité du bois et les tonneaux ne sont pas une denrée qui pourrait manquer à la colonie. Il a une moue dubitative en considérant de Witt. Celui-ci essaie de pousser son avantage.

— Je peux vous en proposer cinq cents pour dix mille livres. C'est une affaire, croyez-moi.

— J'ai du mal à penser que vous vous déplacez pour cette somme. Je ne dois pas être le seul à qui vous faites cette proposition ?

Le marchand plante son regard transparent dans celui d'Enguerrand.

— Vous êtes le plus gros planteur de la région. Je me suis laissé dire que les autres habitants suivaient vos choix, tant commerciaux, que… politiques. Si nous faisons affaire ensemble, ils vous suivront aussi.

Enguerrand arque un sourcil et sourit en jouant avec le reflet des bougies sur son verre.

— Je vois que vous vous êtes renseigné.

Il se penche vers le visiteur.

— Ce sera sept mille livres, pas une de plus. Je prends cinq pour cent de commission. Et je vous recommande à tous les planteurs du Nord. Sans compter la parentèle de mon épouse qui vient de Sainte-Anne, au sud de l'île. Sa famille possède d'importantes habitations sucreries et plusieurs distillent le rhum. Elle vous ouvrira de nombreuses portes.

Le Hollandais cache son désappointement. « Ce n'est pas exactement le prix que j'en escomptais. » Enguerrand pose son verre sur le guéridon à côté de lui. Il passe la main dans sa chevelure argentée.

— Votre prix n'est pas beaucoup plus avantageux que celui de l'Exclusif et les risques que je cours et dans lesquels je vais entraîner presque la moitié de l'île ne sont pas négligeables.

Il fixe le marchand d'un regard impérieux. « Vous pouvez aussi céder les bénéfices aux commissionnaires du Mouillage. Ce sont eux qui profitent du commerce interlope et du trafic avec la flibuste. » Il se lève. « Maintenant Monsieur de Witt, il se fait tard, ma journée a été longue… »

De Witt ne bouge pas de son siège. S'il ne fait pas affaire avec Enguerrand, ses pertes seront colossales. Ses bateaux sont déjà en mer. Les navires anglais rodent dans les eaux antillaises et les corsaires français sont à l'affut. Pris entre deux feux, ses bateaux et leur cargaison risquent de faire l'objet d'une prise de guerre au pire ou de course, au mieux. Dans un cas l'équipage sera tué, dans l'autre il aura la vie sauve, mais quelle que soit l'issue de l'abordage, ses biens seront perdus. Il doit absolument conclure le marché. D'un geste apaisant des mains, il reprend la discussion.

— N'allons pas plus loin Monsieur de Bourdeuil. Votre prix sera le mien. Topons là, si vous le voulez bien.

Enguerrand cache un demi-sourire.

— Bien, nous en rediscuterons demain après une bonne nuit de sommeil. Il est trop tard maintenant pour que vous redescendiez à la ville. Nous allons vous faire préparer une chambre. Vous pourrez vous y rafraichir en attendant le diner.

Le repas est servi dans la belle salle à manger aux meubles d'acajou. Estelle, en parfaite maîtresse de maison a fait agrémenter l'ordinaire. Les poissons frits et les écrevisses à la nage côtoient les patates douces. Une salade de papayes et de mangues vertes apporte une fraîcheur désaltérante et un entremet à la goyave clôture le repas.

Estelle oriente la conversation sur des sujets légers. Combien de temps resterez-vous sur notre île ? Le commerce est vraiment un sacerdoce ! Madame de Witt accepte-t-elle ces longues absences ? Que pense -t-elle de la nouvelle mode que l'on dit frivole et légère ? Allez-vous au théâtre monsieur de Witt ? Voltaire est en train de révolutionner le genre et Marivaux montre des pièces où les conversations galantes sont légion, m'écrivent mes amies de Paris. Et vous, avez-vous des auteurs préférés ? Elle poursuit son bavardage anodin tandis que les deux hommes continuent de se jauger poliment.

Le repas terminé, Estelle invite Frans de Witt à se retirer dans l'appartement réservé aux visiteurs dans l'aile est de la demeure, tandis qu'elle se dirige avec son mari dans l'aile opposée.

Une fois dans leur chambre, Estelle se pare pour la nuit. Le parquet de bois est doux sous ses pieds nus.

Elle revêt une longue chemise de lin adoucie par l'usage. Elle brosse ses cheveux châtains, répandus sur ses épaules, jusqu'à les rendre vaporeux. Les picots sur son cuir chevelu l'apaisent. Elle pose deux gouttes parcimonieuses de parfum au creux de son cou. Enguerrand se lave bruyamment dans la cuvette en faïence de leur salle de bains. Il soupire d'aise.

— Je n'en pouvais plus de cette poussière !

Estelle sourit en s'approchant du lit.

— Enguerrand, ferez-vous vraiment affaire avec ce Hollandais ? Vous savez que vous risquez gros ! Il ne s'agirait pas de se mettre le Gouverneur à dos. Vous imaginez les sanctions ?

— Si nous parvenons à l'intéresser au profit, il n'aura aucune raison de s'opposer à ce marché.

— Mais, il prend ses ordres directement du roi !

— Je sais mon amie, je n'ai pas donné ma réponse. Les marchandises peuvent transiter ailleurs qu'au port. Nous ne sommes pas obligés de les décharger juste sous son nez.

Estelle pose la tête sur la poitrine d'Enguerrand en dessinant des méandres du bout de son ongle, à travers les poils emmêlés. Elle perçoit les battements calmes de son cœur. Sa main descend lentement, s'attarde. Avec un gémissement, Enguerrand se retourne et s'appuie sur les avant-bras. Il empoigne les chairs généreuses d'Estelle. Elle l'accueille avec tendresse en soulevant les hanches et l'enserre de ses bras. Après toutes ces années, elle sait parfaitement comment moduler son plaisir pour l'amener à l'extase et le garder près d'elle. Les yeux grands ouverts pour ne rien perdre des trésors offerts, le dos luisant de sueur, Enguerrand se laisse emporter par la jouissance. Avec un cri sourd, il s'abat sur les seins d'Estelle.

Dans la chambre du Hollandais, la moustiquaire est déployée et une lampe à huile projette des ombres fantomatiques sur les murs. Frans s'assoit lourdement sur le lit avant de se dévêtir. Les yeux au plafond, il réfléchit à l'opportunité de commerce qu'il ne doit pas laisser échapper. Ce de Bourdeuil est plus coriace qu'il n'y paraît. Ecouté et respecté, il siège au Conseil de la colonie. Avoir son aval signifie prospérité et gains renouvelables à l'infini. Tourmenté, le marchand finit par s'endormir, pour se réveiller quelques heures plus tard, assoiffé et pris d'un mal de tête.

Il se dirige vers les cuisines, cabanons construits à l'extérieur des bâtiments pour limiter la propagation du feu en cas d'incendie. Un bruit furtif attire son attention. C'est Louna. Elle se fige dans l'encadrement de la porte. Cette fois, Frans prend garde à ne pas l'effrayer. Il se sert une louche dans le tonneau rempli d'eau et la lui tend. La jeune femme hausse les épaules et s'avance pour prendre une timbale et se servir elle-même. Sa peau ferme et rebondie, évoque un fruit. Sa poitrine oppressée tend la cotonnade légère. Il devine ses jambes nerveuses sous le tissu qu'elle balaie de ses pieds nus. Il s'approche. Elle recule d'un bond.

— Pourquoi résistes-tu ? Je veux simplement te parler.

— Me parler ? se gausse-t-elle. On sait bien comment vous allez me parler ! Je ne suis pas votre chose. Je vous l'ai déjà dit, je suis libre, siffle-t-elle.

Frans est décontenancé mais amusé par son refus outragé. Il pourrait la prendre s'il le voulait, ici sur le sol de la cuisine et personne n'y trouverait à redire. Agacé par son propre trouble, il secoue la tête. Elle sent sa faiblesse. « Je choisirai, si je veux. » assène -t-elle. Et la tête haute, elle passe devant lui. Il résiste à l'envie de la saisir et de la soumettre à sa volonté. Un léger parfum de fleurs d'oranger subsiste après qu'elle a disparu. Frans regagne sa chambre où ses pensées le ramènent à sa situation financière.

La Compagnie néerlandaise des Indes Orientales, que tous les Hollandais appellent la VOC, a le quasi-monopole du commerce sur toutes les mers du globe. Elle est le précurseur de deux modèles économiques puissants, avec la société anonyme qui émet actions et obligations et la multinationale, dans toutes les régions du monde où elle a étendu ses tentacules. Elle ne laisse que peu d'espace aux entrepreneurs indépendants comme lui. Ce marché est une opportunité qui ne se représentera pas de sitôt. Il devra jouer serré avec de Bourdeuil s'il ne veut pas perdre sa mise. Il finit par sombrer dans un sommeil lourd et sans rêves.

3 – AU COUVENT

Les belles lettres aussi bien que la procédure ne conviennent point pour les colonies où il ne faut ni philosophes ni orateurs mais des habitants uniquement appliqués aux soins et à la culture de leur terre.

Louis XIV

Quand Frans rejoint la salle à manger où il espère trouver Enguerrand, il trouve le maître de l'habitation déjà attablé. Frais et dispos, celui-ci déjeune de pain frais, de fruits coupés et d'un café noir dont l'arôme puissant éveille les papilles. L'énergie qui émane de lui est palpable.

Sur le perron de l'habitation, Estelle donne mille recommandations à Charlotte avant son départ. Deux jeunes gardes s'affairent auprès d'une charrette attelée et hissent deux grandes malles sur la plateforme. Altière et ferme, Louna les guide de la voix et du geste.

« Bien dormi ? » interroge Enguerrand, un sourire moqueur flottant sur ses lèvres. « Très bien, je vous remercie. » Frans préfère passer sous silence les affres de la nuit.

Désignant la charrette, il demande : « Votre fille doit voyager ce matin ?

— Oui, Charlotte est pensionnaire au couvent des Ursulines à Saint-Pierre. Elle y descend chaque début de semaine.

— Vous ne craignez pas les mauvaises rencontres ?

— Les chemins sont sûrs ici et vous avez vu les gardes ? Hector et Simon sont assez costauds pour décourager quiconque voudrait du mal à ma fille. Je ne confie ma famille qu'à des esclaves éprouvés. »

Estelle hèle son mari. « Enguerrand, mon ami, venez dire au revoir à Charlotte. Elle va partir !

— J'arrive, Estelle. » Enguerrand se lève pour rejoindre Estelle et embrasser sa fille.

Frans le suit. Derrière Enguerrand, il contemple une dernière fois la pureté du profil délicat de Louna qui se découpe dans la lumière du matin. La coiffe qui retient ses cheveux dégage son visage harmonieux. Frans incline discrètement la tête vers elle en guise de salut. Elle reste impassible.

Le cocher déplie le marchepied pour Charlotte, avant de grimper et de prendre les rênes. Louna relève sa jupe d'un mouvement gracieux du poignet pour monter à son tour. La charrette s'ébranle. Charlotte ouvre son ombrelle pour se protéger du soleil, le chapeau ne suffisant pas. Juchée à ses côtés, Louna se tient au rebord en ferronnerie. Dans son pochon en toile de jute, elle n'a pris qu'un zacharie[3] aux cuisines et une pomme cannelle[4] pour son déjeuner. Ce sera suffisant pour la journée à Saint-Pierre. Elle devra rentrer à l'habitation avec les gardes avant la nuit, après avoir installé la fille de Madame et Monsieur.

Charlotte, bercée par les soubresauts de la charrette, rêvasse en tenant mollement son ombrelle. Elle ferait un beau mariage, comme ses sœurs ainées et elle élèverait des enfants qui formeraient la classe dirigeante et fortunée de l'île. Les bonnes manières et la conscience aigüe de sa classe, inculquées par les religieuses lui donnaient un air d'importance. La jeune femme supportait autant qu'elle le pouvait les sermons de Sœur Alix, la mère supérieure, sur les valeurs chrétiennes et catholiques des colons. Cette éducation lui permettrait de choisir celui qu'elle épouserait. Sa mère lui avait promis qu'elle le pourrait quand tant de ses compagnes seraient obligées de se plier aux aléas des fortunes de leur famille.

Charlotte était la dernière enfant du couple avant l'arrivée de Pascal, son petit frère. Inattendu, il vint au monde alors que ses parents pensaient les maternités terminées. Le cœur étreint

---

[3] Pain carré très sec fait d'une pâte sans levain et tenant bien au corps

[4] Fruit bosselé à la chair blanche et onctueuse

d'envie, elle voyait sa mère choyer ce petit garçon vif et remuant et lui prodiguer les attentions un temps réservées à elle seule.

Quand une épidémie de dengue hémorragique s'était abattue sur l'île, Estelle avait déclaré l'habitation en quarantaine et interdit toute visite. La jeune mère se rappelait avec terreur l'épidémie qui avait décimé l'habitation des années plus tôt et frappé maîtres comme esclaves sans distinction. Antoine, son beau-père avait trouvé la mort, pleurant et vomissant du sang, malgré sa richesse et les soins du médecin.

Cette fois encore, les précautions d'Estelle, ses soins et ses prières, les fumigations de vinaigre et de tafia[5], n'avaient pas empêché les fièvres d'emporter Pascal, âgé d'à peine deux ans. Charlotte avait longtemps pensé qu'elle avait attiré le mauvais sort sur son petit frère. Quand Estelle pleurait, elle se pressait contre sa mère pour la consoler. Celle-ci lui tapotait le dos d'un air absent et la culpabilité de Charlotte décuplait. Le temps passant, la bonne nature et la jovialité d'Estelle avaient repris le dessus.

Après le chemin caillouteux de la descente vers la ville, la charrette traverse le quartier Saint-Pierre avant de passer devant la résidence du Gouverneur et du palais de justice. Les rues pavées résonnent sous les fers des chevaux. Les murs respectables du couvent des Ursulines, établi suite aux lettres

---

[5] Ancien nom du rhum

patentes du feu Roi Louis XIV se dressent de l'autre côté de la Roxelane. Le monarque a jugé utile de donner une instruction principalement religieuse aux jeunes gens de la colonie. Le cocher engage la charrette sur le pont Roche qui enjambe la Roxelane. L'eau coule avec vigueur dans les canaux bordant les rues, forçant les habitants à hausser le ton pour se faire entendre. Les nuits où elle ne dormait pas Charlotte entendait le ruissellement incessant de la rivière.

La charrette passe le portail et s'arrête devant le perron. La mère supérieure, en robe monastique, le front ceint de voiles blancs et le crucifix imposant sur la poitrine, attend les retardataires avant la fermeture des portes.

— Bonjour ma Mère, s'incline respectueusement la jeune fille. Mère Alix serre les lèvres et se contente d'un « Bonjour ma fille ! » qu'elle espère accueillant.

La supérieure ne devait pas se montrer trop sévère. La famille de Bourdeuil était l'une des plus riches de l'île et ses dons faisaient vivre l'institution. Avec soixante religieuses sous sa responsabilité, Mère Alix ne négligeait aucun donateur. Les parents de Charlotte, qui venait d'atteindre ses seize ans, devaient maintenant payer deux cent quatre-vingt-dix-sept livres par mois, au lieu des cent quatre-vingt-dix-huit qu'ils réglaient jusque-là. Le revenu annuel de trois mille cinq cents livres coloniales octroyé pour l'instruction de la jeune fille, permettait de supporter quelques libertés avec les horaires. Mère

Alix redoutait par-dessus tout que les Bourdeuil n'envoient Charlotte à Marseille chez les Ursulines ou les Dominicaines, comme ils l'avaient fait pour Héloïse et Flora, leurs filles ainées. Elle s'était laissée dire que l'éducation de leur dernière fille, qu'Estelle tenait à garder près d'elle, ne serait pas si pointilleuse.

Charlotte rejoint l'étage où elle sait trouver ses compagnes, Marie-Amélie de Loigne, Emma d'Arcy de la Varenne et Isaure de Caseneuve. Louna la suit en portant une des malles avec Hector, un des gardes. L'autre, Simon, est resté dans la cour avec la charrette. Arrivés devant la chambre assez spacieuse qu'occupe Charlotte, Hector s'efface pour laisser passer Louna après avoir posé la malle. La jeune fille s'applique à ranger les effets de Charlotte. Elle replie soigneusement les pantalons de dentelle et les jupons dans la commode, tandis qu'elle suspend les robes dans l'armoire. Les brosses à cheveux trouvent naturellement leur place sur la commode à côté du flacon d'eau de roses. Elle redescend chercher l'autre malle avec Hector. Cette dernière contient, outre le jeu de draps et d'oreillers de baptiste, le linge de toilette brodé aux initiales de Charlotte, son nécessaire de couture, des pantoufles en velours et de fines bottines de cuir à lacets. Une ombrelle plus robuste pour la pluie est rangée dans un coin.

« Louna ? As-tu bientôt fini ? » Charlotte revient déjà après s'être assurée de la présence de ses trois amies. Marie-Amélie l'accompagne. Elle jette un regard amusé à la belle mulâtresse.

— Ah ! Voici ta « chaise madame » !

La jeune femme se redresse sous la moquerie, impuissante à répliquer.

— Bonjour Mademoiselle, j'ai terminé Mademoiselle Charlotte.

— Eh bien, tu peux redescendre. Au revoir Louna, à vendredi !

Avec une légère inclinaison du buste, Louna recule jusqu'à la porte. Hector l'attend. En redescendant l'escalier, le garde l'observe à la dérobée.

« Tu sais, j'ai parlé à Simon, il est d'accord.

— D'accord pour quoi ?

— Tu sais bien.

— De quoi tu parles ? Si c'est pour me faire perdre mon temps, inutile de m'adresser la parole ! » réplique -elle d'un ton cinglant.

Le garde la regarde avec apitoiement. « On peut faire un détour… un détour au bas de la rue des Irlandais. » Louna sursaute. La rue des Irlandais ! Longtemps le nom même la faisait rêver. Rêver de la vie qu'elle aurait dû avoir, de l'amour qu'elle aurait dû recevoir, de la liberté dont elle aurait pu jouir. Un vertige la prend et mille questions l'assaillent. Pourquoi Hector lui propose-t-il cela aujourd'hui ? Et si Madame l'apprenait ? Sans parler de Monsieur ?

« Tu dis n'importe quoi ! Et pourquoi vous feriez ça ? Vous savez ce qui vous arrivera si on le sait.

— C'est José qui nous l'a demandé, il a beaucoup insisté et il dit que ta mère serait contente.

— Ma mère ?!? » Louna titube dans les marches.

— Dépêche –toi de te décider parce que Simon peut changer d'avis si tu n'es pas pressée !

Dans un souffle, elle répond : « Allons-y. »

Le cocher guide les chevaux vers la rue du Mouillage. Les capitaines des navires ont tendu de grandes voiles au-dessus des magasins à sucre pour faire de l'ombre et rafraichir la rue. Le soleil joue à travers les toiles. La charrette s'éloigne de la cohue du quartier Saint-Pierre pour retraverser le pont et accéder à l'autre bord de la Roxelane. Le spectacle de la rue et le murmure de l'eau jaillissante sont toujours une joie pour Louna, mais aujourd'hui elle reste sourde aux appels de la rivière et indifférente à l'animation autour d'elle. Ses paumes sont moites et son cœur bat à tout rompre.

Le cocher arrive au bas de la rue des Irlandais. Le fer des chevaux retentit sur les pavés et accompagne les battements de son cœur.

4 - BRITANNIQUES

Les hommes de l'armée régulière ne suffiraient pas en cas d'incursions britanniques. Le gros des forces anglaises croisait au large des Antilles. Le Gouverneur de la Martinique, Louis de Brach, avait ordonné la création d'une milice et réquisitionné non seulement les colons mais aussi les libres de couleur. Tout homme valide et libre, en âge de se battre devait accomplir son devoir et défendre la colonie, contre les ennemis héréditaires de la France.

Comme Gabriel, son père, l'avait fait des années plus tôt, Maxence s'engagea dans l'armée du Roi. Ce n'était plus Louis XIV, mais Louis XV le Bien-Aimé, son arrière-petit-fils, qui veillait aux destinées du royaume. La milice était entrainée au Fort de Saint-Pierre, non loin de la maison du Gouverneur. Le quartier, lieu de réception de la bonne société et centre névralgique de l'île, reprit sa vocation militaire première. Toutes les armes et munitions y étaient entreposées et les canons postés sur les remparts du Fort protégeaient la baie des débarquements ennemis.

Maxence était un *libre de couleur*, comme la condition de ses parents le lui avait permis. Il était libre d'aller et venir, de circuler dans la colonie et sur le sol de France, si jamais il en avait les moyens. Il était libre d'exercer une des professions réservées aux libres ou aux *nègres à talent*[6]. S'engager dans la milice lui permettait d'être exempté de la capitation, taxe de quinze livres par tête, que devaient les *libres de couleur*, de quatorze à soixante ans.

Gabriel était esclave quand il conquit le cœur de sa mère, des années plus tôt. Elisabeth, la belle lavandière de la Roxelane, mulâtresse coquette, était née libre et ne voulait pas d'un esclave

---

[6] Esclaves qui étaient spécialisés dans un domaine sur les habitations : ferronnerie, fabrication du rhum.

pour mari. Désireux de changer de condition et obsédé par Elisabeth, Gabriel demanda son affranchissement à son maître Enguerrand. Celui-ci refusa.

Aveuglé par le désespoir et la rage, Gabriel se battit avec Enguerrand. Passible de peine de mort après les plus terribles tortures, pour avoir osé poser la main sur un Blanc, Gabriel dût fuir. Dans son combat pour gagner sa liberté, Gabriel se lia d'amitié avec Xavier, un capitaine de marine de feu Louis XIV. Il combattit les Bataves et les Autrichiens sur le sol français, sous les ordres de Xavier avant de pouvoir obtenir son acte d'affranchissement. A son retour à Saint-Pierre, six longues années plus tard, Gabriel découvrit qu'Elisabeth l'avait attendu et lui avait donné un fils. Elle avait appelé l'enfant, Maxence.

Le jeune homme avait grandi dans le culte de cette épopée familiale, maintes et maintes fois racontée par ses parents.

Aujourd'hui, Maxence marche crânement dans les rangs de la milice. Les officiers à cheval qui les commandent portent un uniforme mais les tenues de la troupe sont disparates. Revêtu d'une bonne veste de drap et d'un pantalon de toile, chaussé de brodequins solides - Elisabeth a insisté pour qu'il soit bien équipé et n'aille pas comme les va nu-pieds du port- le fusil en bandoulière, Maxence arbore l'insigne du quartier du Fort de Saint-Pierre.

La milice à pied progresse sur le chemin de la Trace. Marchant depuis le Morne Rouge, elle doit rejoindre Fort-Royal[7] pour effectuer la jonction avec l'armée régulière, partie de Saint-Pierre. Celle-ci a pris la route du littoral, bien entretenue et suffisamment large pour que les cavaliers s'y engagent et évoluent de front.

Les miliciens vont bon train sur le chemin qui serpente à travers la forêt de Balata. L'ombre et la fraîcheur des arbres rendent leur marche agréable. Le sol vibre sous leurs pas. Ils échangent plaisanteries, nouvelles de leurs familles et devisent gaiement. Ils se sentent honorés d'appartenir à cette unité. Les fers de la servitude sont loin. Les rayons du soleil traversent la futaie et de temps à autre, illuminent les fougères d'un éclat transparent. Des oiseaux fusent des arbres en piaillant, à mesure qu'ils progressent sur la Trace. L'atmosphère est légère et détendue.

Maxence interrompt brusquement sa discussion et tend l'oreille. Il n'est pas le seul. Son voisin fronce les sourcils d'un air plus concentré. Un martellement lointain mais continu ébranle le sol. Des chevaux. En nombre. C'est l'armée anglaise. Comment ont-ils pu passer par la route des mornes, sans être arrêtés par les troupes régulières ? Les officiers ont entendu. Des ordres sont lancés. Les fusils à baïonnette, chargés. Fébrile, Maxence fait basculer son fusil de la main droite, déchire la cartouche avec ses dents, bourre le canon de poudre, insère la balle de plomb, fait

---

[7] Aujourd'hui Fort-de-France

claquer la culasse. Les Anglais progressent sans se cacher. Les tâches de leurs uniformes éclatent comme des fleurs dans la verdure de la forêt. Leurs chevaux aux poitrails luisants roulent des yeux redoutables.

« Déployez-vous ! » hurle Lahoussaye, le capitaine de la compagnie. Mais le terrain accidenté et boueux ralentit le déploiement de la milice. « Formez carré ! ». Des pentes vertigineuses s'étalent des deux côtés du chemin. Les arbres interdisent toute formation disciplinée. L'humidité ambiante rend le sol glissant.

Des salves, régulières et disciplinées, retentissent. Une âcre fumée blanche flotte au ras des fougères. Devant Maxence, des hommes s'écroulent. Dans un réflexe, il se baisse. Le capitaine ordonne « Avancez ! … Avancez ! Tirez ! ».

Le souffle court, Maxence se relève, vise un habit rouge, la poitrine, l'endroit le plus large du corps, comme à l'entrainement, ajuste et tire. Il voit tomber le soldat de sa monture. Hébété, il ne réfléchit plus. Ses yeux cherchent les tâches rouges. Ses mains répètent les gestes de mort, chargent le fusil, appuient sur la détente. Genou à terre pour tirer, il se relève, avance, s'agenouille encore, tire. Il a la gorge en feu. *Seigneur, protégez-moi.* Il trébuche sur des corps, morts ou blessés, il l'ignore. Les chevaux hennissent en caracolant, menés par leurs cavaliers sabres au clair. Maxence s'est approché trop près des lignes britanniques. Sous le couvert des feuillages, il distingue l'éclat meurtrier des épées transperçant les miliciens.

La supériorité guerrière des Anglais est manifeste. La troupe française, inexpérimentée, prend la fuite. Dans le vacarme de leur artillerie et le galop des chevaux, les cavaliers pourchassent les miliciens à travers les halliers de la forêt de Balata. Des ordres hurlés en anglais lui parviennent tout près. Trop près. Entrecoupés de ceux du capitaine.

— Rechargez ! Ne fuyez pas ! Rechargez ! Baïonnettes aux canons !

Mais Lahoussaye s'écroule sur l'encolure de sa monture, frappé d'une balle à l'épaule. Il porte la main à sa blessure. Eperdu, son cheval échappe à son contrôle et se cabre. Le capitaine vide les arçons et chute lourdement. Son pied reste coincé dans l'étrier. Sa monture s'enfuit en le trainant au sol. La tête du capitaine rebondit contre les racines enchevêtrées, ses bras tressautent, désarticulés.

Maxence reste pétrifié. Le sang cogne à ses tempes et se confond avec le sifflement des balles autour de lui. La peur l'étreint. L'instinct de survie lui commande de courir. Il ne recharge pas. Sans réfléchir, il prend la fuite avec les autres sans lâcher son fusil. Affolé, il bondit par-dessus les ravines et les fougères. Il dérape. Les lianes des palmistes se rabattent sur son visage et entravent sa course. Il entend un galop trépidant sur ses talons. Il court éperdument. Les ordres claquent.

— *Stop ! Stop or I shoot ! Now ! Stop I said* !

Hors d'haleine, il se laisse tomber dans un trou de mousse et de fougère, le fusil à la main. Il tourne la tête. Le flanc écumant d'un cheval, serré par des cuisses musclées, gainées d'une culotte blanche et de bottes noires, finit sa course à hauteur de ses yeux. Il a tout juste le temps d'apercevoir la crosse d'un fusil, brandie par une veste rouge, avant le choc douloureux à sa tempe et la nuit absolue.

Il se réveille, la tête bourdonnante et l'arcade ouverte. Il n'a aucune idée de l'endroit où il se trouve. L'épaisseur des murs ressemble à celle du fort Saint-Louis mais il n'en est pas certain. La lumière filtre à travers les grilles d'une fenêtre. C'est un cachot. Il tente de se redresser en s'appuyant au mur derrière lui. Un cri de douleur l'arrête. « Woooh ! Le mulâtre[8] ! Fais attention, tu me marches sur la jambe ! » Il n'est pas seul dans la cellule. Une douzaine d'hommes blessés ou valides s'entasse dans l'espace restreint.

*

Sainte-Lucie

— Où nous emmène –t-on ? Savez-vous où on est ?

Seuls des grognements et des haussements d'épaule lui répondent. Les miliciens ont été embarqués sur une corvette

---

[8] Métis

britannique. La mer est houleuse. Dans la cale, la nausée saisit les prisonniers. Après six heures de traversée, le navire passe au large de *Pidgeon Island*. Le drapeau anglais flotte sur le fort de Castries.

— On doit être chez eux, chez les Rouges.

A *Hurricane hole*, le trou aux ouragans, l'anse bien nommée, les marins manœuvrent pour mettre le trois-mâts à l'abri. Les soldats font sortir les prisonniers et les amènent sur le pont. Ils comprennent l'ordre de s'assoir au sol, mains derrière la tête. Maxence réalise que dans l'éventualité où on pourrait les secourir, les bateaux à l'ancre sont invisibles de la mer. Cachée par les palétuviers de la mangrove, leur présence est insoupçonnée. Il secoue la tête. Personne ne songera à venir les chercher à cet endroit. Les prisonniers ne devront désormais compter que sur eux-mêmes.

Plus tard dans la soirée, les Français sont nourris d'une épaisse bouillie floconneuse. Certains la repoussent avec dégoût mais Maxence la dévore en pensant qu'il doit reprendre des forces s'il veut s'échapper. L'équipage descend à terre et recharge les cales en barils d'eau douce, vivres et sacs de sucre. Les prisonniers sont transférés sur le pont où ils sont attachés. La nuit tombe. Maxence reste aux aguets. Il frotte ses liens contre une varangue en espérant les user. Les poignets ensanglantés en vain, il finit par s'endormir d'un mauvais sommeil.

A l'aube, des ordres lancés réveillent les prisonniers. Le navire lève l'ancre. Maxence regrette une occasion manquée. En pleine mer, il sera impuissant. La houle vient frapper les flancs de la corvette au sortir de l'anse. Un instant déstabilisé, le navire prend de la vitesse avant de fendre les flots. Ils mettent le cap vers une autre destination.

5 – RUE DES IRLANDAIS

Dans la rue des Irlandais, le temps s'est arrêté.

Louna descend de la charrette et continue la montée à pied. Le cœur battant, elle arrive à la maisonnette. Elle lève la main pour frapper à la porte, quand celle-ci s'ouvre brusquement. Ses outils de menuiserie sur le dos, Gabriel s'apprête à sortir.

— Jésus Marie Joseph ! souffle-t-il. C'est toi ? C'est bien toi ?

Elle recule, intimidée. Tournant à demi la tête vers l'intérieur mais sans la quitter des yeux, Gabriel lui saisit les mains et appelle, doucement d'abord puis plus fort.

— Elisabeth ! Lisa ! Viens ! … Viens vite ! Dépêche-toi !
— J'arrive, j'arrive ! Eh bien, Gaby qu'est-ce qu'il y a, *han* ?

Déboulant à côté de Gabriel et s'essuyant les mains dans son tablier, Elisabeth s'exclame à son tour, ses mains sur la bouche étouffant ses cris.

— Oh ! Mon Dieu Seigneur ! Louna ! Ma fille ! *Ich mwen chè* [9]!

Les deux parents enlacent maintenant leur fille, trop longtemps absente de leur vie en la pressant de questions tout en la couvrant de baisers.

— Avec qui es-tu venue ? Monsieur sait que tu es là ? C'est Ma'am Estelle qui t'a amenée ? Tu as la permission ?

Etourdie sous le flot de paroles, Louna tente de répondre qu'elle n'a pas beaucoup de temps. Mais Elisabeth, la lavandière à l'âme rieuse et gaie, pleure en justifiant la trop longue séparation.

— Elle est tout intimidée, pauvre chatte ! Mais oui ! J'avais demandé à José de le dire aux gardes mais il y a tellement longtemps ! Et ça fait des années qu'il me promet de leur parler ! Je t'ai attendue tous les lundis et tous les vendredis que Dieu fait, depuis que Mam'zelle Charlotte va au couvent. Mais la journée passait et personne ne venait ! Et puis, je ne pouvais pas te voir comme ça dans la rue ! Si les gardes n'étaient pas d'accord ?! Et qu'ils le répètent à Monsieur ? Jamais il ne t'aurait laissée ressortir !

S'essuyant les yeux dans son tablier et prenant Gabriel à témoin : « Gaby ! Quel bonheur, n'est-ce pas ? Regarde comme

---

[9] Mon enfant chérie

elle est belle et comme elle a grandi ! » Gabriel ému, peine à retenir ses larmes.

Le grand Noir aux cheveux gris, l'ancien esclave en fuite a traversé bien des combats où il aurait pu mourir vingt fois. *Marron*, soldat dans le corps des grenadiers de Louis XIV, affranchi mais toujours sur ses gardes, Gabriel est bouleversé par la rencontre impromptue avec sa fille. Sa vie a été jalonnée de tant de malheurs avant la rencontre salvatrice avec Elisabeth ! En un éclair, ses pensées l'emmènent vers Athanase, son père supplicié, Délia, sa mère se jetant de la falaise, au Tombeau des Caraïbes et son jumeau Jacques, vendu par Antoine.

Revoir Louna est comme une douce caresse sur son cœur. Après la disparition de Maxence dont ils n'ont plus de nouvelles depuis des jours. En silence, il remercie le Ciel et se promet d'allumer un cierge à l'église du Mouillage dès ce dimanche.

Hector parait au bout de la rue. Il s'approche en hâtant le pas. « C'est l'heure, nous devons remonter à l'habitation avant que Monsieur se pose des questions.

— Oui ma fille, c'est plus raisonnable » reprend Gabriel. « Va vite ! » Et s'adressant au garde : « Tu promets de la ramener ? Pas longtemps bien sûr. »

— Je vais essayer, ça ne dépend pas de moi.

Ils rejoignent Simon qui tenait l'attelage. Hector fixe Louna avec une admiration teintée de timidité. La jeune fille a la beauté de sa mère et la haute taille de son père. Son corsage de coton d'un blanc immaculé fait ressortir le miel de son teint. Son visage ciselé est d'une pureté qui retient le regard. Hector se prend à rêver.

— Tu me diras quand tu voudras faire un détour de temps en temps. Je m'arrangerai avec Simon.
— Bien sûr que je veux revenir !
— Alors il ne faudra pas traîner au couvent avec Mam'zelle Charlotte.

Le convoi reprend le chemin de l'habitation. Plongée dans une rêverie bienheureuse, Louna remarque à peine l'animation de la ville de Saint-Pierre, les étalages de produits maraîchers, les toilettes chamarrées des élégantes et les carrioles vacillant sous le poids des tonneaux de sucre ou de rhum. Le silence, ponctué du pépiement des oiseaux, revient quand ils quittent la ville.

L'attelage peine à trotter sur le chemin escarpé de la Montagne. Hector met les chevaux au pas. Au bout d'une heure, ils s'engagent sur la majestueuse allée de palmiers menant à la Roxelane. Des esclaves travaillent dans les champs de canne alentours, dont les vagues ondulent jusqu'à la mer. Près des cuisines et des buanderies, des femmes les bras chargés d'ustensiles, de denrées et de linge, vont et viennent dans une agitation efficace et ordonnée.

Hector jette avec précipitation le brin d'herbe mâchouillé au coin de ses lèvres. Il se tourne vers Louna pour l'aider à descendre. Elle ignore innocemment la main tendue et saute de la charrette d'un bond souple, l'esprit au loin, perdu rue des Irlandais.

6 - BARBADE

Une terre pointe à l'horizon. Le sable blanc éblouit les miliciens français qui n'ont plus la protection de leur chapeau. Maxence cligne des yeux. C'est certainement une île. Les contours ne sont pas aussi découpés que la précédente. Il perçoit la fuite des terres au lointain, l'absence de mornes et de reliefs, la verdure souffreteuse.

Quand Maxence était enfant, son père lui racontait inlassablement l'immensité de la France et le pays que l'on pouvait parcourir sans fin sans l'avoir jamais vu complètement. Et même une vie entière, disait Gabriel, ne suffirait pas pour connaître tout ce territoire.

Cette fois, le navire accoste dans un port, bruyant et animé. Le même drapeau que Maxence a appris à connaître, se balance fièrement au-dessus des remparts. Les prisonniers sont poussés sans ménagement. Maxence se relève, courbatu. Sa tempe blessée lui procure un élancement douloureux. Des étoiles dansent devant ses yeux. Il titube un instant. Un coup de crosse dans les reins le fait tomber à genoux. Il se relève une nouvelle fois, la tête en feu. Il prend place dans la file de prisonniers. La passerelle de planches tressaute sous leur poids et le martèlement des bottes.

A terre, les marins anglais sont acclamés par la foule qui se presse autour d'eux. Les Français sont conspués et des projectiles pleuvent. Maxence se protège la tête comme il peut, avant de se ressaisir et de se redresser. Il ne courbera pas l'échine.

*

Jacobites

La Barbade était peuplée de jacobites[10] irlandais ayant émigré vers l'île pour échapper aux féroces campagnes de répression de lord Oliver Cromwell. Adulé en Angleterre et fondateur du Commonwealth, cet ancien député, devenu lord protecteur avait pris des mesures cruelles contre les catholiques et royalistes d'Irlande. Dans cette île lointaine, hors de sa portée, la plupart des colons irlandais avaient fait fortune en achetant les terres qui n'appartenaient pas à la Compagnie royale des indes occidentales.

Comme dans les îles françaises, le négoce du sucre était florissant. Pour faire main basse sur les bénéfices des colons, le roi Georges II leur avait interdit de commercer avec d'autres navires que les Britanniques.

---

[10] Partisans de la dynastie détrônée des Stuart et du roi Jacques II (*Jacobus* en latin)

Les denrées, surtout le thé, étaient hors de prix. La colère grondait contre la Couronne chez les riches propriétaires. Détenteurs de fortunes accumulées au fil des ans, ils avaient désormais les moyens de s'armer et de négocier avec qui bon leur semblait. Comme aux Français, les Hollandais et les Espagnols proposaient de la marchandise à bien meilleur marché. Et comme les Français, les colons anglais se tournaient vers eux toutes les fois que l'occasion leur était donnée.

*

Sur la place de Bridgetown, Farrell O'Leary évalue la robustesse des miliciens.

— Ceux-là m'ont l'air assez costauds.
— Ils viennent d'arriver, ce sont des prisonniers de guerre, répond le commissionnaire du port en consultant son registre. Ils seront loués sur les habitations, au bénéfice de la colonie, pour aider aux travaux des champs.
— Et si je veux les acheter ?
— Alors regardez l'autre lot, reprend le commissionnaire en désignant des hommes et des femmes enchaînés et terrorisés.

Farrell fait la moue. « Je préfère louer finalement. » Il choisit quatre hommes avant de se tourner vers le commissionnaire du port pour payer la location.

*

Cromwell

Venue d'Irlande, la famille O'Leary, fervente catholique, s'était établie à la Barbade des années plus tôt pour fuir le gouvernement de lord Oliver Cromwell.

En 1649 Goffraidh et Brenna O'Leary, les parents de Farrell avaient réchappé du massacre de Drogheda où Cromwell passa par le fil de l'épée la garnison et toute la population de la ville. A l'instar d'autres soldats irlandais ayant survécu aux combats, Goffraidh s'engagea en France, comme mercenaire au service de Louis XIV. On appelait sa compagnie les « oies sauvages ». Il laissa Brenna en sûreté dans un village de Touraine où il revenait une fois les expéditions terminées.

Mais il ne s'était pas résigné à laisser son pays subir le joug des Anglais. Révolté par la terreur que faisait régner Cromwell, il piaffait d'impatience pour rentrer combattre. Nostalgique des landes glacées, des tourbières et de la pluie qui battait le visage lors des longues chevauchées, il regrettait les étendues vertes de Drogheda. Quant à Brenna qui languissait comme lui de l'Irlande, elle attendait le retour vers leur île.

A la faveur d'un nouveau débarquement des troupes franco-irlandaises, ils revinrent en Irlande. Goffraidh mit son bras au service des jacobites, partisans du roi Jacques. Il installa Brenna dans un hameau, non loin de Carrickmacross. Elle y mit au monde leur premier enfant, Farell. Les années passèrent dans une paix relative. Farell grandissait, élevé dans le culte de la religion catholique et du roi Jacques, dont le retour était souhaité par toute l'Irlande. Il se maria à une jeune fille de Carrickmacross, Margaret. Mais les jours nourris de joies simples ne dureraient pas.

Le mouvement jacobite aidé du roi de France restait une puissante menace pour le pouvoir anglais. Décidé à en finir et à éliminer les rebelles irlandais, Cromwell reprit ses expéditions punitives. Avec le soutien des troupes françaises, Jacques II[11] débarqua en Irlande. Près de la rivière de la Boyne, en juillet 1690, pas loin de la ville de Drogheda, eu lieu une bataille féroce. Les orangistes protestants, partisans du Hollandais Guillaume III d'Orange, époux de la reine d'Angleterre Marie II, massacrèrent les jacobites irlandais. Cette victoire anglaise marqua la fin de l'indépendance irlandaise. Après la soumission de l'Irlande, le culte catholique fut interdit au profit du culte protestant. Aux *assises sanglantes* qui suivirent, les rebelles furent condamnés à mort, les nobles furent décapités à la hache. Les révoltes furent écrasées.

---

[11] Les jacobites se soulèveront encore en 1745 sous le commandement de Charles Edouard Stuart, le petit-fils de Jacques II, surnommé **Bonnie Prince Charlie**. Charles Edouard était prétendant des Stuart aux couronnes anglaises et écossaise. Il essaiera de lever une armée en Ecosse en s'appuyant sur les clans des Highlands, d'allégeance jacobite. *Bonnie Prince Charlie* battra les Anglais à Prestonpans avant de marcher sur Londres, mais il se retirera dans les Highlands.

Poursuivi par le duc de Cumberland, *le boucher des Highlands,* il subira une défaite écrasante à la **bataille de Culloden**. Il devra fuir, déguisé en femme, aidé par la jeune Flora Mac Donald et se réfugiera en France.

Fuyant l'Irlande, se cachant le jour et voyageant de nuit, Farell et Margaret embarquèrent sur un navire, avant de débarquer à la Barbade, île aride où ils ne possédaient rien. Mais ils étaient vivants et la menace des persécutions de Cromwell s'était éloignée. En travaillant d'arrache-pied, ils parvinrent à acquérir une terre et à leur tour, engagèrent des déportés et louèrent les services de prisonniers.

*

Aujourd'hui, Farell O'Leary reste encore dans la catégorie des petits blancs n'ayant pas suffisamment de terres pour prétendre à la richesse. Il ne fait pas partie du cercle fermé des riches planteurs possédant des centaines d'esclaves et des milliers d'hectares de champs de canne. Aussi l'occasion de louer des bras supplémentaires à moindre coût est une aubaine. Sur la place de Bridgetown, le planteur signe le registre lui accordant la location de quatre prisonniers français pour trente guinées et pour une année.

Les Français sont poussés dans une charrette. Brinqueballés tout le long du chemin, ils arrivent à la nuit tombée au lieu de leur détention. Maxence déchiffre le nom de l'habitation sur le panneau de bois, « O'LEARY ». Il reconnaît les mêmes rues *case nègres* qu'à Saint-Pierre. Son cœur se serre douloureusement. La servitude, les fers ! Quand Gabriel, son père a gagné sa liberté par son courage et sa détermination et a construit sa vie en refusant l'asservissement ! Maxence suffoque de rage et d'impuissance. Il ne sera pas esclave. Il n'acceptera pas un retour en arrière.

— *Come down ! Hurry up !* Descends ! Dépêche-toi !

Le contremaître pousse les quatre miliciens dans une case.

— *This is your place now.* C'est votre place maintenant.

Deux paillasses, une table et deux bancs meublent l'endroit sombre et sans fenêtre. Le sol de terre battue est inégal sous les pieds. Une rivière coule non loin de leur cabane. L'idée d'un bain traverse l'esprit de Maxence, vite réprimée par l'ordre du gardien « Plus vite que ça !» et la porte claquée derrière eux. Poussiéreux, visage mangé de barbe hérissée, Maxence s'écroule sur le galetas.

Aux aurores, le contremaître vient chercher les miliciens. Il parle un langage mâtiné d'anglais, de français, de mots africains et caraïbes que Maxence se surprend à comprendre. Cela ressemble au créole de son île. Sur l'habitation O'Leary, tous communiquent à travers ce *pidgin*. Le gardien leur montre la rivière.

— *Go wash* ! Allez vous laver !

Maxence rince sa chemise souillée dans la rivière. Le sang se dilue dans l'eau claire. Il se lave le visage avec frénésie et s'asperge le torse à grands coups. L'eau fraiche le revigore.

— *It's enough* ! C'est assez ! Le contremaître leur fait signe
de sortir de l'eau.

Les hommes s'alignent spontanément et s'apprêtent à suivre
le gardien. Sans prévenir, d'énormes gouttes de pluie éparses
viennent s'écraser sur leur dos. L'averse tombe, drue et
puissante. Surpris, Maxence offre son visage à l'ondée
bienfaisante. Il laisse la pluie diluvienne le laver des salissures de
la fuite dans la forêt de Balata et des sanies de la captivité. Il se
sent incroyablement vivant et ses sens endormis se réveillent.
Son corps fin, dur et musclé de combattant retrouve le
fourmillement des entrainements.

Des cris l'alertent. Plus bas dans la rivière, un homme est
emporté. De loin en loin, un bras apparait, puis la tête. La pluie
a gonflé le cours d'eau pourtant peu profond et si calme, à peine
un moment plus tôt. La rivière devenue torrent charrie
banchages et troncs d'arbres. L'homme est en difficulté. Sans
attendre et sous les yeux du gardien passif, Maxence plonge et
nage vigoureusement vers lui. Parvenu à sa hauteur, il le saisit
par le bras. L'autre s'agrippe à son cou en suffoquant. Maxence
est étranglé. Il se débat avant de lui assener un coup de poing.
L'attrapant par le col de sa chemise, il passe un bras sous son
menton et regagne la rive. L'homme inconscient reprend ses
esprits alors qu'un attroupement s'est formé autour d'eux. A
genoux, il tousse en recrachant des gerbes d'eau. C'est un blanc.

— Qu'est-ce qui se passe ici ! tonne une voix. Farrell, retenant les rênes de son alezan, écarte impérieusement la foule d'un regard acéré.

Maxence se relève. « Cet homme allait se noyer, je l'ai sorti de la rivière.

— Ce n'est pas vrai, m'sieur ! Il l'a assommé, je l'ai vu. Il voulait s'enfuir ! » C'est le contremaître, qui de ses petits yeux perçants, met Maxence au défi de le contredire. Un brouhaha parcourt le groupe.
— C'était pour l'empêcher de nous noyer tous les deux, se défend Maxence.

Un autre homme s'avance. « Il dit vrai, je les ai vus, Nathan est tombé depuis le pont quand la rivière a commencé à déborder. On a cherché à le rattraper, mais le courant était trop violent, il a été emporté dans un tourbillon. ». Le contremaître lui jette un regard noir.

— Bien ! reprend Farrell. Regagnez vos quartiers et vous, allez vous sécher ! lance-t-il à Nathan.

Ce dernier remercie Maxence d'un signe de tête. Farell tourne bride. Maxence le suit du regard, mais une bourrade du contremaître le fait trébucher dans la boue. Il a le temps de distinguer dans une calèche couverte, à l'écart de l'attroupement, un visage de porcelaine, dans lequel un regard vert, couleur de savane et de forêt, le fixe avec compassion. La calèche s'éloigne pendant que la poigne du contremaître force le milicien à se relever.

Maxence incline le buste devant la pâle jeune femme devant lui. Son regard sans servilité reste déférent. Elle sourit.

— Je vous ai vu l'autre jour à la rivière. Vous avez sauvé cet homme.

— Il allait se noyer, je n'ai pas réfléchi.

— A votre place, beaucoup l'auraient laissé.

Puis gênée, elle baisse les yeux et tourne vivement les talons dans un mouvement gracieux de jupons. Stupéfait par cet échange inattendu, Maxence la regarde s'éloigner.

— Eh ! Toi ! Oui toi !

Le contremaître s'avance menaçant.

— Qu'est-ce que tu regardes ? C'est une femme blanche. Reste à ta place, *nigger* !

Maxence hausse les épaules.

— Elle m'a parlé. Je ne la regardais pas.

Maguire abat le manche de son fouet en travers du visage de Maxence. La peau éclate et le sang jaillit de la coupure. Les éclairs dorés dansent furieusement dans les yeux du jeune homme. La jeune femme revient sur ses pas.

— Qu'est-ce qui vous prend, Maguire ? Il n'a rien fait ! Laissez-le !

— Si, Miss Clarissa, je l'ai vu vous regarder.

— Il suffit ! Si vous continuez vos manigances et vos mensonges, je dirai à mon père de vous renvoyer !

Le regard vert flamboie de colère. La bouche fine se pince de défi.

— Bien, Miss Clarissa. Très bien. Le contremaître s'incline sans parvenir à cacher un œil narquois.

*

Les champs de canne s'étendent à perte de vue. Un moulin à vent règne sur un promontoire isolé. Des parcelles ondoyantes de tiges sucrées alternent avec des terres nues. C'est l'année de plantation pour celles-ci, les cannes se renouvelant tous les cinq à six ans. Les charrues labourent le sol. Les socs de fer fragiles et coûteux se cassent sur les blocs calcaires enfouis. Les miliciens les dégagent à la houe et paniers sur la tête, les entassent à l'extrémité des champs. Les esclaves replantent les boutures derrière eux. A mesure de l'avancée du travail, des tumuli de pierres blanches ponctuent l'espace à intervalles réguliers. Pesant sur un âne décharné, Maguire surveille les hommes, chapeau sur les yeux, fouet en main. La journée passe sans que le rythme ne faiblisse. Impitoyable, le soleil darde ses rayons sur la terre sans ombre. Seule la pause d'une demi-heure pour un déjeuner sommaire de *migan*[12] de fruits à pain permet aux hommes de souffler. « C'est l'heure ! Retournez-y ! » ordonne le contremaître. Maxence se relève, suivi des autres miliciens et esclaves. Pas assez vite aux yeux de Maguire qui fouette le groupe à la volée. Le Français a un mouvement d'exaspération. Les lanières de cuir viennent lacérer son dos. « Je vais t'apprendre, moi, à lever les yeux sur une Blanche ! *Nigger* ! ».

Tout l'après-midi et juste avant la tombée de la nuit, Maxence bêche, creuse, extrait les roches. Paniers pleins en équilibre sur la tête, transportés sur des centaines de mètres, buste ensanglanté.

*

Maxence se dirige vers la rivière. Un bain furtif et silencieux lave ses blessures et désengourdit ses membres douloureux. Il sort de l'eau sans remettre sa chemise déchirée par le fouet et se dirige vers sa case. Il s'arrête, stupéfait. Clarissa est devant lui.

— Bonsoir, dit-elle en baissant les yeux pour qu'il n'y voit pas son trouble.

---

[12] Plat de fruit à pain en purée et de viande salée

La lune commence sa course au-dessus d'eux. Tous les miliciens auraient dû rejoindre leurs quartiers depuis longtemps. Elle désigne le torse blessé de Maxence.

— Que vous est-il arrivé ?

Il hausse les épaules.

— Ce Maguire est un vrai sauvage, reprend Clarissa. Il n'a pas à vous maltraiter. Mon père ne permet pas l'usage du fouet quand c'est inutile. Vous n'êtes pas esclave, vous êtes prisonnier de guerre. Vous recouvrirez bientôt la liberté.

— Je ne vois pas bien comment ?

— Quelquefois les gens d'armes sont échangés entre nations.

— Vous pensez vraiment que le Gouverneur pensera à retrouver des miliciens sans grade, disparus au combat ? Nous n'avons pas de valeur et il n'a aucun souci de nous.

La jeune femme rougit de confusion.

— Ne soyez pas inquiet, je vous en prie. »

Clarissa s'avance et cherche tout naturellement les mains de Maxence. Surpris, il se raidit. Son regard de miel plonge dans le sien. Elle s'approche et tend son visage vers lui. Elle effleure sa bouche. Les lèvres du Français sont douces et fermes. Maxence abandonne toute réserve et saisissant Clarissa par la taille, lui rend ses baisers. Son haleine est fraîche et poivrée.

Elle peut sentir son désir contre son ventre. Ses mains remontent le long du torse musclé. Ses jambes faiblissent. Une ivresse inconnue l'emporte. Elle a du mal à respirer. Son cœur bat à tout rompre. Elle voudrait que cette nuit et la douceur de cet instant ne finissent jamais. C'est le Français qui se reprend le premier.

— Pardonnez-moi Mademoiselle.
— Non, ne dites rien. Je m'appelle Clarissa.

Maxence incline la tête en murmurant « Clarissa ». Avec un doux sourire, la jeune femme s'éloigne.

*

— Comment as-tu passé la nuit ma fille ? demande tendrement Margaret

— La pleine lune m'a empêché de dormir, soupire la jeune femme, avant de s'étirer et de s'extirper de la fine moustiquaire.

— Tu aurais dû fermer les persiennes, reprend sa mère. Les bêtes étaient agitées. Moi, ce sont les aboiements des chiens qui m'ont tenue éveillée de longues heures.

Clarissa fait sa toilette devant la bassine où la femme de chambre verse l'eau tiède au fur et à mesure. Le linge humide parfumé de fleur d'oranger la rafraichit à peine. Sa mère prend les vêtements et l'aide à s'habiller. Clarissa s'ébroue comme un jeune chiot, avant de tendre les bras pour passer la chemise de lin. Elle rechigne devant le corset.

« Maman, est-ce vraiment nécessaire ? Il fait vraiment trop chaud !

— Tu sais bien que oui, Clarissa.

— Pas trop serré s'il te plaît. »

La femme de chambre s'agenouille et Clarissa lui présente un pied puis l'autre pour l'enfilage des bas. Elle passe les pantalons, puis le jupon, avant de revêtir la robe de coton. Elle s'assoit à la coiffeuse en soulevant sa crinière dorée. Sous la masse, son cou est déjà moite de sueur. Attendrie, Margaret congédie la femme de chambre d'un geste de la main.

Certains jours comme celui-ci, où la langueur menaçait d'envahir les âmes, elle aimait coiffer sa fille. Durant leur bavardage intime et léger, la brosse faisait briller la chevelure blonde, apaisant la jeune fille et dissipant les ombres de la nuit. Clarissa appréciait ce moment partagé avec sa mère.

Aujourd'hui, c'est différent. Sa nuit a été peuplée de songes inavouables, où les yeux de miel liquide du Français semblaient sonder son cœur. Elle brulait de plonger à loisir dans ce regard grave, ferme et insoumis. La dignité de cet homme réduit aux fers l'émouvait. Elle eut honte de faire partie de la caste blanche cruelle et sans pitié.

— Clarissa, qu'est-ce qui te tracasse ? interroge Margaret, en posant une main sur son épaule.

— Rien, mère.

— Ma fille, tu étais encore un nourrisson tétant mon sein que je reconnaissais tes humeurs à tes simples mimiques, dit Margaret en épinglant le bonnet pour l'accrocher aux boucles serrées. Je vois bien que tu es tourmentée.

Clarissa sourit.

« Je me demandais quel effet cela faisait d'être mariée et de tenir une maison.

— Si je m'attendais à cela ! Es-tu si pressée de nous quitter ? Mais c'est de ton âge…

— Pas du tout, mère ! Mais quand tu as épousé père, tu le connaissais bien ? Il t'avait déjà courtisée ? Où vous êtes-vous rencontrés ?

— Pas si vite mon enfant ! s'amuse Margaret. Que de questions !

— L'aimais-tu ?

— Nous n'avons jamais parlé d'amour, en tous cas pas en ces termes. Nous nous respections beaucoup et nos familles se connaissaient. Mon père et celui de Farell avaient combattu ensemble dans la compagnie des oies sauvages.

— Les oies sauvages ?

— Oui, c'était le nom qu'on donnait aux mercenaires Irlandais qui allaient se battre en France avec Louis XIV. En Irlande, nous autres catholiques, restions entre nous pour éviter les dénonciations et les persécutions des anglicans. Je venais de la petite ville de Carrickmacross, pas loin du village où habitaient les parents de ton père. Mais une fois mariés, nous ne sommes pas restés longtemps en Irlande… »

Avec un soupir Margaret s'éloigne de sa fille, son regard s'assombrit. « Nous avons dû partir à cause de la bataille de la Boyne et la fin de l'indépendance de notre île. » Elle se tourne vers Clarissa et s'efforce de sourire. « Mais tout cela fait partie du passé. Notre vie est ici maintenant. Nous avons traversé des épreuves ensemble, notre union s'en est trouvée renforcée… Et après tous nos malheurs, tu es arrivée dans nos vies. » « Oh, mère ! ». Clarissa se lève et vient entourer les épaules de Margaret de ses bras.

8 - DROGHEDA

Margaret perçoit d'emblée la mauvaise humeur de Farell quand elle parait sous la véranda. Son époux est installé devant une assiette d'œufs au bacon encore fumante, mais il n'y a pas touché. Debout à côté de lui, le contremaître s'interrompt en la voyant. Farell le congédie d'un revers de main. « Ça suffit, Maguire. » L'homme lui coule un long regard de biais avant de redescendre dans la cour. « Des ennuis, mon ami ? » demande Margaret en prenant place à table. Aussitôt, une esclave dépose devant elle la même assiette aux effluves de lard grillé.

« Je vais en avoir le cœur net ! » répond Farell en se levant si brusquement que la table tremble. Il s'élance à grands pas à l'intérieur de la maison. Stupéfaite, Margaret se lève et court à la suite de son mari. « Farell ! Qu'avez-vous ? Que se passe-t-il ? ».

Ils arrivent à la chambre de leur fille. Farell ouvre la porte à la volée. Clarissa finit de s'apprêter. « Clarissa, dis-moi que ce n'est pas vrai, que Maguire a menti, que tu n'es pas coupable de ce qu'il t'accuse. » La jeune femme se redresse, tremblante et soutient le regard de son père de ses yeux limpides. « Qu'a dit Maguire ? » interroge Margaret. « Il dit que notre fille se commet avec un Noir …l'un des Français que je viens de louer ! » éructe Farell. Margaret vient se placer devant sa fille pour la protéger. Mais Farell continue « Tu ne nies pas ? Il a dit vrai ? » « Papa ! Je n'ai rien fait de mal … » supplie Clarissa avant de fondre en larmes. Margaret la tient dans ses bras, un regard de reproche vers son mari. Farell est ébranlé par le chagrin de son unique fille, avant de se ressaisir.

> — A Drogheda, chez nous en Irlande, la cavalerie de Cromwell a *refusé le quartier* aux habitants. Ils ont tous été massacrés, tu entends ? Tous ! Toute la garnison passée par le fil de l'épée et la ville brûlée ! Nous n'étions que des va nu-pieds pour les Anglais qui nous méprisaient et nous haïssaient. Ils n'ont eu aucun scrupule à abattre des enfants et des vieillards innocents ! Mes parents ont fui le port et ont survécu, Dieu seul sait comment !

Il se rapproche d'elle et lui saisit le poignet malgré la protection de Margaret. Tremblant de colère, il poursuit.

> — Cela a recommencé moins d'une génération plus tard. A notre tour, ta mère et moi avons dû embarquer sur un navire, dans une cale infecte. Ta mère a eu le mal de mer durant tout le voyage. Elle qui était la fleur de la ville ! Nous avons du tout reconstruire ici alors que nos terres avaient été confisquées par les colons anglais.

Nous n'avions plus rien ! Ils nous avaient volé tous nos biens. Nous avons peiné sur cette île comme des damnés avant de récolter ce que tu vois autour de toi !

— Mais ces gens sont comme nous ! Comme toi ! Eux aussi on les a arrachés à leur terre !

Farell gifle violemment sa fille. Choquée, elle porte la main à son visage. Les yeux agrandis par l'incrédulité, elle en oublie de pleurer. « Farell ! » reproche Margaret.

— Clarissa, je t'interdis ! N'oublie pas qui tu es ! N'oublie pas que tout ce qui est ici sera à toi un jour. Tu ne peux pas te compromettre avec un esclave.

— Il n'est pas esclave ! Il a été emprisonné.

— C'est tout comme ! Il est Noir ! Et c'est un Français ! Nous sommes en guerre contre eux ! Je vais tâcher d'oublier tes paroles et je te conseille de te reprendre et de tenir ton rang. Tu ne dois pas trahir ton sang ni celui de tes ancêtres !

Clarissa a un haut-le-cœur. Le corps secoué de sanglots, elle s'enfuit pour ne plus entendre ces mots qui la condamnent.

*

Une esclave s'approche de Maxence, jetant des regards inquiets autour d'elle. Elle lui fait signe. « Elle t'attend à la chapelle Saint-Peter. Ce n'est pas loin d'ici, vers le nord, pas loin de la rivière. ». Elle s'éloigne aussitôt, ombre furtive. Maxence ne la rappelle pas, suivant l'instinct qui lui commande le silence et se gourmande aussitôt. Pourquoi a -t-il déjà intégré les codes de la soumission ? De la survie en captivité ? Quelques jours plus tôt, il était si fier dans son uniforme de milicien libre ! Il lui semble que cela fait des années.

Se cachant pour suivre les méandres du cours d'eau et marcher dans les herbes hautes, Maxence parvient à la chapelle. Il aperçoit la calèche et jaillit des fourrés. Clarissa a bravé la garde postée à l'entrée de l'habitation. Elle descend du tilbury.

— Clarissa ! Tu es venue !

Prenant une profonde inspiration, la jeune femme redresse la tête. « Je t'en prie, écoute-moi. Je n'ai pas beaucoup de temps. » Clarissa parle avec gravité. « Nous ne pourrons plus nous voir mais je chéris… je chéris ce que nous aurions pu vivre. » Maxence encaisse le choc mais il n'ignorait pas l'irréalité de leur avenir.

Les yeux verts, couleur de savane et de forêt, plongent dans son âme. Ils lui rappellent la touffeur des pentes arborées de Saint-Pierre et le jeu du soleil sur la Roxelane. Dans ses rêves les plus fous, il se promettait d'y revenir avec elle ! Elle lui effleure le bras d'une caresse. Il peut sentir son parfum d'agrumes et deviner la tiédeur de sa peau. Un désir douloureux l'étreint. Il admire encore une fois le profil net et les joues duveteuses, la bouche délicate crispée dans une moue inquiète, les boucles dorées serrées sous la voilette d'où s'échappent quelques mèches, malgré le soin de la coiffure. Clarissa retient ses larmes.

Sa respiration est oppressée. Son souffle lui caresse le cou. Il la regarde avec ferveur pour graver le souvenir de cet instant dans sa mémoire et son image précieuse dans son esprit, son cœur et sa chair. Il ne la questionne pas. C'est inutile.

*

La nuit, les miliciens sont séparés des esclaves mais leur sort n'est guère différent. Mêmes cases, mêmes galetas, même pitance. Un bras replié sur le front, Maxence ne parvient pas à trouver le sommeil. Toussotements et ronflements dans lesquels ont sombré ses compagnons abrutis de fatigue, le maintiennent dans une nervosité épuisante. Un frottement ténu contre le mur de la case attire son attention. Un rat surement. Il se laisse dériver, bientôt emporté par le sommeil. Le grattement reprend, plus précis. Cette fois, il s'éveille tout à fait. Autour de lui, pas un n'a bronché. Il se laisse tomber à bas de la couche et rejoint la porte à croupetons. Tapi dans le noir, James, l'esclave de plantation, lui souffle.

— *Come ! Come brother !*

— *Where ?*

— *Come, I said !*

Maxence hésite. Incrédule, tenaillé entre l'envie de saisir l'occasion qui s'offre à lui et la peur de l'inconnu. Fuir ? Pour aller où ? Du geste et du regard pressant, James insiste.

Sans plus réfléchir Maxence suit l'esclave.

79

La présence de plusieurs des leurs au Conseil, les alliances familiales les plus opportunes, tout assurait à ces dynasties la permanence d'un rang qui nourrissait encore les ambitions de chacun.

Paul Butel, histoire des Antilles françaises

9 – MESSE

A la *Roxelane*, dans la nuit épaisse les alizés tourmentent les ramures des palmiers. L'air est à l'orage. Les feuilles bruissent violemment. A la rue case' nègres, les esclaves battent du tambour. Le rythme lancinant suggère l'abandon lascif de la *kalennda* où les corps des danseurs vont et viennent l'un vers l'autre, s'attirent et se repoussent, virevoltent pour un simulacre d'étreinte amoureuse. Tourbillonnant et se jetant dans la danse, les danseurs s'affrontent bras levés et cuisses heurtées. Mains sur les hanches, la danseuse soulève ses jupons vers son cavalier qui fait semblant de la saisir. Esquives et mines mutines de la femme. Air faussement chagrin du partenaire.

Dans sa chambre, Charlotte en chemise écoute l'appel de la musique. Le tambour gronde puis baisse d'un ton. Accélère, ralentit. Crie, chuchote. La conque de lambi hurle, les *ti-bois* claquent. Charlotte esquisse un déhanché rythmé et sensuel mais se reprend vite. Ce n'est pas une danse pour elle, ni pour aucun blanc. Enguerrand lui aurait interdit cette attitude dévergondée et scandaleuse. Ses cheveux dénoués collent à ses épaules. Elle a chaud brusquement. Elle se rend aux cuisines pour boire un verre d'eau, négligeant la carafe sur sa table de chevet.

Pieds nus, elle emprunte le couloir. Une porte est entrouverte. Attirée par un bourdonnement puissant, Charlotte entre dans la chambre. Deux petits lits côte à côte où l'on devine des enfants endormis. Elle s'approche doucement. Le bruit s'intensifie, les tambours de la *kalennda* lui vrillent les tympans. Elle hurle, mais aucun son ne sort. Deux fillettes la fixent sans la voir, yeux grands ouverts, lèvres bleues, joues piquetées de noir. Empoisonnées sans doute aucun. Les mouches attirées par la mort vrombissent au-dessus de leurs têtes blondes. Terrifiée et impuissante, Charlotte continue de hurler.

— Réveille-toi ! Les mâtines ont déjà sonné !

Charlotte émerge des draps de baptiste, la tête encore pleine de ce cauchemar angoissant. Marie-Amélie est à la porte de la chambre, prête et déjà habillée. Elle se précipite vers le lit et houspille joyeusement son amie. Charlotte se hâte à sa toilette, avant de revêtir la robe sans corset posée sur le valet de pied.

— Mais as-tu perdu la tête ? Tu ne vas pas mettre celle-ci !?

— Et pourquoi pas ?

— Tu as oublié ?! C'est aujourd'hui la messe ! A la messe de neuf heures, le curé va bénir les miliciens ! Avec les combats incessants contre les Anglais, ils veulent se mettre sous la protection de Dieu avant qu'un malheur n'arrive. Mets donc une autre robe !

Charlotte se range à l'avis de Marie-Amélie et choisit une robe plus habillée avec une tournure de volants. Mais elle n'est pas aussi pressée que son amie de se rendre à cette cérémonie officielle où ses parents seront forcément présents.

Après avoir défilé dans les rues de Saint-Pierre, les compagnies de miliciens s'engouffrent dans l'église Notre-Dame-du-Bon-Port. L'air humide et frais de l'édifice surprend après la chaleur suffocante du matin. Les planteurs et leurs épouses sont assis aux premiers rangs, sur des chaises à haut dossier, leur nom inscrit sur des plaques de cuivre. Non loin des officiers d'épée et de justice. Estelle et Enguerrand sont installés en bonne place. Un frémissement curieux parcourt les bancs des jeunes filles du couvent, mais un regard courroucé de Mère Alix fait pudiquement baisser les têtes. Le martellement des bottes des miliciens emplit l'espace. Quand ils posent leur fusil au sol, les hautes voûtes de l'église résonnent du claquement des crosses.

Le silence se fait peu à peu. D'un geste de la main, le curé incite l'assistance à se lever. Le sermon s'ouvre sur le livre de la Genèse 25.1, la discorde entre les frères jumeaux Esaü et Jacob, leur conflit pour le droit d'ainesse contre un plat de lentilles. L'homme d'église poursuit par une vindicte contre les Anglais, éternels ennemis qui auraient pu être frères. Mécréants ne reconnaissant pas l'autorité du Saint-Père le Pape. Avec véhémence, empli de sa cause et du bon droit, il exhorte les miliciens et tous ceux en âge de prendre les armes, à se battre pour préserver la souveraineté de la France et des colons sur la Martinique. L'assemblée, aux anges, approuve par des hochements de tête appuyés. Enfin, le curé invite les hommes d'armes à s'approcher de l'autel. Comme pour la communion et avec des mines recueillies ils s'avancent un à un, fusil à l'épaule et reçoivent la précieuse bénédiction. Les prêtres assistent le curé dans des volutes parfumés d'encens.

Avec un imperceptible mouvement du menton, Marie-Amélie serre la main de Charlotte. Celle-ci suit le regard de son amie. Un jeune milicien a ralenti devant elles et fixe Charlotte sans se soucier de la file derrière lui. Grand et svelte, la peau dorée, il a fière allure. Rougissante, Charlotte se détourne avant les foudres de Mère Alix. Emma et Isaure n'ont rien perdu de la scène et gloussent sous leurs chapeaux.

A la sortie de l'église, les colons se retrouvent sur le parvis. Certains discutent du sermon, d'autres de leurs affaires en cours. Un joyeux brouhaha envahit l'atmosphère, intensifié par les appels des vendeuses du marché.

— Charlotte !

C'est Estelle qui hèle sa fille. Mère Alix en tête, les religieuses font avancer leurs ouailles à petits pas.

Estelle lâche le bras d'Enguerrand et s'avance, souriante et avenante, prête à braver la mine réprobatrice de la supérieure du couvent pour embrasser sa fille.

— Maman, soupire Charlotte.
— Vous allez bien mon enfant ? Vous êtes bien pâle.

Les miliciens sortent à leur tour. Le jeune homme de la file salue les deux femmes en ôtant son chapeau. Il pose sur Charlotte un regard dévorant. Enguerrand qui les rejoint, saisit toute la scène d'un coup d'œil. Jambes bien campées et saisissant le bras d'Estelle : « Je vous souhaite le bonsoir, monsieur », dit-il d'un ton impérieux.

Le milicien s'incline respectueusement en claquant des talons et s'éloigne. « Vous le connaissez, mon ami ? » interroge Estelle.

« Que trop bien ! C'est le fils de Charles de la Cerisaie, la mauvaise âme et le bras droit du Gouverneur. Mais ce n'est ni le lieu, ni le moment de l'évoquer.

— Comme vous voudrez, » lance Estelle avec un regard rassurant à Charlotte lui signifiant de ne pas s'inquiéter.

De retour au couvent, sous bonne escorte des religieuses, les jeunes filles se retrouvent dans la chambre de Charlotte, toutes à l'excitation de la sortie. Elles n'ont rien raté de l'échange avec le milicien.

— Je le connais ! C'est Louis de la Cerisaie, un cousin d'Augustin de la Mornay, s'exclame Isaure. Charlotte sourit.

— C'est quand même un beau parti. Son père possède des terres de café et de canne au Morne Rouge. Tu devrais y réfléchir, si jamais il veut te fréquenter, intervient Emma.

— Que tu es bête ! Il ne m'a pas demandée en mariage ! Il s'est engagé dans la milice, il peut mourir demain. Et mon père n'a pas eu l'air de l'apprécier. Il a été très sec. Il l'a quasiment congédié.

— Cela ne veut rien dire, reprend Emma. Mes parents disent qu'il faut allier les grandes familles pour ne pas disperser les terres.

— Son père est un ancien lieutenant des Dragons mais il a de la fortune et siège au Conseil.

— Oh ! Charlotte, tu vas bientôt quitter le couvent ! plaisante Isaure en s'affalant sur le lit. Comme j'aimerais être à ta place !

10 – PARFAITE UNION ET TENDRE FRATERNITE

A la Gloire du Grand Architecte de l'Univers, d'un lieu très élevé où règnent la foi, l'espérance, la charité,

Le souverain chapitre de la loge de Saint Jean, sous le signe distinctif de la Parfaite union et de la tendre fraternité écossaise réunies, vient de Saint-Pierre, île de la Martinique, assemblé en notre nom et sous notre autorité et pleine puissance, le vingtième jour du dixième mois, l'an de la vraie lumière cinq mille sept cent quatre-vingt-six …» le secrétaire note les détails de la tenue sur le point de commencer.

Les bougies placées sur les colonnes à l'entrée de la salle dispensent une lumière fantomatique. Vêtu de sa meilleure chemise et d'un pantalon neuf, achetés pour l'occasion et d'une belle veste de drap noir, cousue par Elisabeth, Gabriel contient son émotion. Cette cérémonie d'initiation à la Franc-maçonnerie dans la loge *Parfaite Union et Tendre Fraternité réunies*, l'élèvera et contribuera à le faire sortir davantage de sa condition. Lui, le fils d'Athanase, l'esclave supplicié et de Naomi, celle qui avait préféré se jeter du haut de la falaise, au tombeau des Caraïbes, plutôt que d'être reprise. Né dans la servitude, il a acquis sa liberté après de longues épreuves. L'éveil maçonnique éloignera un peu plus les humiliations. Sa bonne réputation exigée des frères, ainsi que sa maturité d'esprit ont été mises à l'épreuve avant son initiation.

Dans le Temple, il est émerveillé par la solennité du moment qui le mènera à un long cheminement vers lui-même. Il s'éveille à une nouvelle vie de connaissances et de lumières pour laisser derrière lui le passé et ses ténèbres. Il s'enrichira intellectuellement et se confrontera à des idées nouvelles. Il espère tant ! Mais il n'est pas dupe de l'accueil qui lui est fait. Il sait qu'il restera frère servant, cantonné aux bas offices, malgré son initiation. Les loges maintiennent à leur niveau l'organisation sociale de la colonie et sont dominées par la caste blanche.

Il contemple le décor impressionnant à la symbolique obscure au commun des mortels. Les mots peints au-dessus de la porte, *ordo ab chao, l'ordre naît du chaos,* la lune grise et fantomatique faisant face à un soleil exubérant, le plafond sombre figurant une voûté étoilée. Tout autour de la pièce court une corde aux douze nœuds entrelacés.

Dans les semaines qui suivront, il apprendra lors des tenues des loges qu'il doit arriver une heure avant l'ouverture des travaux, pour assister à toutes les cérémonies et partir après tous les autres frères. Sa place est sur le parvis. Il ne sera jamais membre honoraire ou officier dignitaire. Il ne faut point songer à devenir Maître ou Vénérable. Hors du Temple les valeurs d'égalité restent lettre morte et la confraternité n'est pas de mise, comme il lui a été affirmé. *Ici le grand veut bien s'humilier jusqu'à devenir le frère du petit et à l'honorer publiquement de ce titre ; il l'aide et le protège dans tous les cas justes et compatibles avec les règles de la charité. Mais si le grand veut bien s'abaisser jusqu'au moindre, celui-ci apprend de bonne heure à ne jamais s'enorgueillir ni abuser d'une confraternité aussi glorieuse pour lui.*[13]

Malgré tout, Gabriel est heureux de se hisser pour rester à l'abri de la fureur vengeresse d'Enguerrand.

Des mois plus tôt, Elisabeth et lui discutaient de cette initiation. Sa femme n'était pas convaincue et lui faisait part de ses doutes.

Des trois loges de la ville de Saint-Pierre, *Sincérité des cœurs, Saint-Jean d'Ecosse, Parfaite Union et Tendre Fraternité réunies,* seule la dernière pouvait accepter Gabriel. Eusèbe, le maréchal-ferrant, pouvait le coopter. « J'ai la possibilité de te faire Maçon. Tu devrais entrer en loge. Ces messieurs parlent tellement bien ! En France, il parait que des *grands grecs* [14]et des philosophes disent que tous les hommes doivent être égaux. Tu seras à l'abri une fois pour toutes. »

---

[13] *Apologie pour l'ordre des francs-maçons*, Pierre Grosse, la Haye, Gallica.bnf.fr / Bibliothèque nationale de France

[14] Littéralement, sachant le grec. Par extension, intellectuel, savant.

Elisabeth éclatait de rire et se plantait devant son mari :
« Gabriel, écoute-moi bien. Depuis quand les libres vont …où
ça ?! En loge ?! Et pour parler d'égalité ?! Tu rêves trop ! *Tchiiip* !»
Elle relevait le menton d'un air dédaigneux. Piqué au vif, Eusèbe
répliquait.

— Je te dis que la *Parfaite Union et Tendre Fraternité réunies*
peuvent l'accepter. Ils prennent les libres de couleur. Il y a
déjà deux mulâtres comme moi dans la loge.
— Gabriel, reprenait Elisabeth, tu écoutes trop de chimères.
Pourquoi tu ne veux pas te contenter de ce que nous avons ?
Qu'est-ce que ça te rapportera ? Tu deviens trop *comparaison* !
— Mais Elisabeth, pourquoi veux-tu que je change ? Être initié
ne me rendra pas différent.
— Initié, *han* !? se moquait Elisabeth.

S'approchant derrière elle et la saisissant par la taille, Gabriel
reprenait « Je serai toujours ton Gaby. » Elisabeth s'esquivait
avant que les mains de son mari ne descendent sur ses hanches.
« Tu dis ça maintenant, mais quand ils t'auront mis de grandes
idées dans la tête, tu voudras changer la vie. »

— Il doit d'abord passer sous le bandeau, expliquait Eusèbe, il
ne sera pas accepté si facilement. Des choses extraordinaires
se passent dans les cérémonies. Si on me l'avait raconté,
jamais je n'y aurais cru avant de le voir de mes propres yeux !

— Tu vois ? Ce n'est pas un endroit pour toi ! Tu vas t'attirer des ennuis avec ces histoires de sorcellerie. Le curé ne sera pas d'accord.

— Ce ne sont pas des diableries, les Blancs y vont. Et puis on n'a pas besoin d'aller prévenir le curé.

Eusèbe intervenait : « Hors du Temple, nous n'avons pas le droit de parler de ce qui passe dans le Temple, ni de nous prévaloir d'en faire partie, c'est la règle. »

Gabriel voulait convaincre sa femme. « Je le fais pour nos enfants, Elisabeth… ». Sa femme l'interrompait. « Nos enfants ! Où sont-ils aujourd'hui ! Nous ne pouvons pas voir Louna comme nous voulons. Maxence est prisonnier quelque part, Dieu seul sait où ! Peut-être même… ». Le souffle coupé, elle n'osait poursuivre. Invoquer la mort, pouvait amener le mauvais sort sur leur tête.

— Tout ce qui n'est pas interdit est permis. Elisabeth, nous devons prendre les places que nous pouvons ! Nous ne devons pas laisser passer une occasion ou une once de liberté au bon vouloir des Blancs. Si nous ne prenons rien nous-mêmes, ils ne nous donneront rien ! Si je suis accepté en loge, d'autres *frères* pourront nous aider. Je pourrai en aider d'autres, donner espoir aux libres comme nous. Nous n'avancerons pas seuls dans le monde.

— Il vaut mieux rester à l'écart. Et si Monsieur est là-bas, *han* ? Qu'est-ce que tu feras ?

Gabriel savait que sa femme faisait allusion à Enguerrand qui aurait encore le pouvoir de les tracasser et de leur nuire s'il le voulait.

— Il ne fait pas partie de cette loge. On m'a dit qu'il est à *Saint-Jean d'Ecosse,* triomphait Eusèbe.

Elisabeth secouait la tête de résignation. *Lé konséyè pa lé péyè. Les conseillers ne sont pas les payeurs.* Malgré les mises en garde de sa femme, les discours d'Eusèbe séduisaient Gabriel, l'alpha et l'oméga, lui semblaient des sésames pouvant lui ouvrir toutes les portes. Il voulait lui aussi percer le mystère du Grand œuvre et de la cabale. Les paroles énigmatiques et les sous-entendus l'attiraient comme le Saint-Graal.

A Fort-Royal dans la capitale, à l'atelier *Parfaite Amitié,* tous les frères étaient blancs et les libres de couleur n'étaient pas acceptés. Par leur naissance, ils restaient sans vertu et sans morale aux yeux des francs-maçons békés. Les mésalliances des membres de la loge où officiait Eusèbe étaient systématiquement dénoncées par les autres loges qui voulaient disqualifier la plus tolérante d'entre elles *Parfaite union et tendre fraternité réunies.* Les libres de couleur étaient peu nombreux à intégrer les temples.

Gabriel avait aujourd'hui une certaine aisance financière et de l'instruction. Quand il était encore esclave sur l'habitation d'Enguerrand, sa volonté de sortir de sa condition pour conquérir Elisabeth lui avait permis d'apprendre les rudiments de la lecture et de l'écriture. Il était l'homme de confiance d'Enguerrand, son frère de sang. Après sa fuite, son séjour en France avec Xavier, le capitaine de marine qui s'était porté garant de son affranchissement, avait renforcé sa culture. Il ne désespérait pas de gravir les échelons en loge et devenir compagnon à part entière. Il y mettrait toute l'obstination dont il était capable.

Gabriel revient à lui. Il est appelé. Le tapis de loge comporte les symboles qu'il devra apprendre à connaître. Le compas, l'équerre, le triangle, la lune, le soleil et les étoiles, disposés de façon symétrique, amènent son regard vers les deux colonnes et le fronton du temple. Après l'ouverture des travaux, il frappe symboliquement à la porte. Son initiation commence. Il effectue la marche de l'apprenti, *trois pas égaux, rectilignes, pieds en équerre*. Trois comme le feu, la terre et l'air. Trois comme l'ardeur, la concentration, l'intelligence. Il adresse un triple signe en direction du Vénérable puis des deux Surveillants. Le Maître de cérémonie l'accueille au sein du Temple.

— *Au commencement était le Verbe et le Verbe était Dieu.*

11 – A L'ASSAUT DE LA TERRE

Gabriel regarde Elisabeth dormir. La bouche ouverte, elle exhale un souffle doucement sonore. Il sourit. Quand il la taquinait, elle se fâchait. « *Han-Han* ! Je ne ronfle pas ! »

Pour ne pas la réveiller, il effleure très lentement la fossette au creux de son menton. Sa main suit la ligne dessinée de sa mâchoire. Il s'émerveille du velours de sa peau, de son odeur persistante de savon, de sa chevelure fournie, séparée en nattes pour la nuit. Il soupire. Sa femme. Il lui avait promis de prendre soin d'elle. Il s'y était employé tout le temps de leur vie commune. Elle sourit dans un demi-sommeil, avant de lever sur lui son regard de miel doré. « Bonjour mon Gaby », murmure-t-elle.

Ces quelques mots de tendresse le transportent. La chemise de nuit entrouverte dévoile une poitrine toujours conquérante. L'odeur de peau tiède l'enveloppe. Gabriel ne résiste pas et l'honore de sa vigueur matinale. Elisabeth l'accueille avec empressement. Leurs corps qui se connaissent parfaitement, s'accordent dans une danse harmonieuse.

Un peu plus tard, le café s'écoule goutte-à-goutte dans la cafetière en fer-blanc. Un agréable fumet se répand dans la pièce. Pendant que Gabriel procède à ses ablutions, Elisabeth se rend au potager derrière leur maison. « Gaby ! Je vais chercher une igname pour le déjeuner ! ».

Le terrain était considérablement grand pour une possession de libres. Au fil des ans, le couple avait acheté parcelle après parcelle, carré après carré, are après are, la bande de terre qui montait vers le morne voisin. C'était le fruit de leur travail acharné gagné sou à sou, avec patience et résolution. La transmission à leurs enfants Maxence et Louna, était assurée. Sur les conseils d'Eusèbe, Gabriel avait pris soin de faire venir l'arpenteur et d'enregistrer leur bien chez le notaire. Suivant l'ordonnance du gouverneur, des poteaux de bois vif avaient initialement été posés en attendant les bornes de pierre définitives. On avait déjà vu des libres de couleur ne pas pouvoir justifier de leur acquisition et se faire expulser de leur maison. Les Blancs étaient prompts à prendre des mesures vexatoires à l'encontre des libres ou à leur chercher querelle. Avec la maison, la valeur du terrain se montait à un peu plus de trente mille livres. Un capital peu commun chez les libres.

Les plantations vivrières étaient florissantes depuis le dernier *lasotè*[15] venu chez eux l'année dernière.

A l'assaut de la terre, rangés en ligne, les laboureurs maniaient la houe en cadence, encouragés par les *tambouyè*[16] et les souffleurs de *kon'lambi*[17]. Un chanteur *crieur* gesticulait le long de la rangée et haranguait ceux qui bêchaient, piochaient et préparaient la terre aux plantations futures. Le claquement sec du *ti bwa*[18] « Tak pitak pitak tak ! » donnait le rythme. Le chant de travail repris en chœur, rendait la tâche moins pénible, harmonisait les mouvements. Quelquefois, le *crieur* mêlait des plaisanteries salaces aux chants improvisés et toute la rangée éclatait de rire, sans cesser le travail. Le *lasotè* se déplaçait entre voisins. A tour de rôle, chacun recevait le bénéfice des bras offerts pour défricher et planter.

Elisabeth entretenait un jardin *à manger*, un jardin *à protection*, un jardin *à regarder* et leur terrain était occupé par un luxuriant fouillis.

Les tubercules, tarots, patates douces, ignames, voisinaient avec les *souliers de zombis* qui soignaient du haut mal[19]. Les poinsettias et les crotons décoratifs éloignaient les mauvais esprits et pacifiaient la demeure. Les gombos, christophines et

---

[15] A l'assaut de la terre
[16] Joueurs de tambour
[17] Conques de lambis
[18] Littéralement « petit bois » : baguettes et percussions
[19] Épilepsie

plants de maïs côtoyaient basilic, menthe et piment qui repoussaient les parasites. L'*atoumo*, remède à « tous les maux », élevait ses clochettes fleuries au-dessus des fougères.

A force de soins, avocatiers et manguiers, s'enhardissaient et pointaient leurs ramures vers le ciel. Devant la maison, l'ombre de l'arbre à pain rafraichissait les après-midis. Les décoctions de feuilles du pommier *cannelle* qui s'étirait contre un citronnier, étaient souveraines contre le *mal macaque*[20]. Les goyaviers fournissaient des fruits juteux et sucrés. Les feuilles de *cassia latat* pressées dans l'eau tiède donnaient des bains aux vertus purifiantes.

Elisabeth était fière d'approvisionner ses voisines quand l'une ou l'autre était malade et manquait de *rimed razié*[21].

Gabriel s'est habillé et attend le retour de sa femme en sirotant le café chaud et sucré. Mais ce matin, elle tarde à rapporter l'igname.

Il pose sa tasse et franchit la porte donnant sur le jardin. Elisabeth est accroupie au milieu des ramures de *dasheen*[22], les épaules soulevées de sanglots. Il la rejoint en quelques enjambées rapides et la relève en la tenant par les coudes. Son visage est baigné de larmes.

---

[20] Règles douloureuses
[21] Remèdes des halliers, remèdes de bonne femme
[22] Déformation de « Chou de Chine », tubercule très nourrissant.

« Elisabeth ! Qu'est-ce que tu as ? » demande Gabriel, consterné. Mais il connait déjà la réponse. Sa femme s'essuie rapidement les yeux dans son tablier. Elle hoquète :

— Nous n'avons pas de nouvelles de Maxence.

— Maxence va revenir, je le sais. C'est un garçon débrouillard.

— Mais il est peut-être mort ?! *Tchè mwen ka fann* ! Mon cœur se brise ! Louna d'abord, lui maintenant…

— Il n'est pas mort ! Son corps n'a pas été retrouvé. Il a certainement été fait prisonnier. Il va revenir, nous allons prier Dieu, notre fils va revenir…

Gabriel presse Elisabeth contre lui. Elle pose le front sur son épaule et reprend ses esprits peu à peu. Elle doit s'activer. Mille tâches l'attendent. Les lessives du jour…

Elle se hâte vers la pièce où elle entrepose les vêtements de ses clients. Elle embauche quatre lavandières qui font les lessives à la Roxelane. Prudence, Félicité, Toinette et Clothilde lui ramènent le linge séché et repassé qu'elle paye au kilo ou à la pièce. Les draps coûtent moins cher que les chemises et les jupons, qui sont l'objet de soins méticuleux et qu'il faut empeser à l'amidon de manioc.

Chacune y trouve son compte. Les lavandières d'Elisabeth bénéficient de sa clientèle, étoffée au fil des ans et sont assurées d'avoir un revenu régulier. Après l'interdiction d'Enguerrand de venir à l'habitation sucrerie et la fin de ses services exclusifs à la famille de Bourdeuil, Elisabeth a monté son commerce. Sa réputation de sérieux la précède et ses affaires sont florissantes.

Elle pénètre dans la buanderie qui fleure bon le savon. Posé sur l'étagère, il reste un pain lourd et marbré, venu d'une fabrique marseillaise. Le prochain bateau n'arrivera pas avant des semaines. Elle devra fabriquer du savon dès ce matin, pour ne pas en manquer dans les jours à venir. Elle se met à l'ouvrage en attendant ses lavandières. Elle allume le feu de bois et prépare la marmite dans laquelle elle fait fondre cendres et graisse de porc. Elle ajoute une pleine carafe d'huile de coco qui rendra la pâte plus lisse. Au fur et à mesure de la cuisson, des bulles explosent à la surface et une odeur entêtante de potasse envahit la buanderie. Sans cesser de remuer la préparation, Elisabeth y parsème des gouttes d'huile parfumée au citron. Elle vérifie la consistance du mélange. Satisfaite, elle prélève aussitôt des louches du liquide épais et brûlant qu'elle verse dans des caissettes de bois où le savon refroidira avant d'être coupé en pains plus petits.

— J'ai dit bonjour ! …

Une voix enjouée la tire de sa concentration. C'est Prudence, avec son nouveau-né attaché dans un foulard contre son sein.

— Eh bé ! Man' Elisabeth, tu as commencé ?! Je pensais faire ça ce matin, gronde doucement la jeune femme, avec une moue de déception.
— Pas grave, tu finiras le découpage plus tard.

— Je suis venue chercher le linge. Combien de kilos tu as pour moi ?

— Laisse-moi voir ça…

Elisabeth s'étire en posant les mains sur ses hanches et se cambre en bombant la poitrine. Elle se dirige vers les piles de draps, de nappes et les paniers débordant de vêtements.

— Un peu… Hier, les Dintimile ont fait livrer tous les draps de la semaine et les Debeley ont envoyé quatre paniers » dit Elisabeth en désignant le linge qu'elle doit répartir entre ses employées.

Elisabeth veille à rester équitable mais quelquefois, elle favorise l'une ou l'autre, selon la situation du moment.

— Je te donne les quatre paniers, ce n'est pas trop pour toi ?

— *Bèf douvan bwè dlo klè*[23], *le bœuf qui est devant boit l'eau claire*, pouffe Prudence. Je prends deux tout de suite, je viendrai chercher le reste *t'alè*[24]. Ou bien je vais envoyer Louis.

Louis Coutant est le compagnon de Prudence. Ils sont en ménage depuis des années et élèvent déjà trois enfants. Venu de la métropole, Louis était vigneron à Dracé, un village de la région des Alpes, pas loin du Rhône. Un endroit que ne connaîtrait

---

[23] Equivalent du proverbe *Premier arrivé, premier servi.*
[24] Tout à l'heure

jamais Prudence. Blanc pauvre, Louis pensait faire fortune aux îles et s'était embarqué sur un navire marchand. Mais sans entregent et ignorant des rouages, il avait échoué à acheter des terrains plantés en canne. Sans femme, ni argent, il se résignait à louer ses services à un grand propriétaire, quand il avait rencontré Prudence.

Son entrain et sa simplicité lui avaient plu. Elle était venue habiter chez lui et le dorlotait si bien qu'il avait reconnu les enfants métis nés de leurs amours. Cela l'avait définitivement éloigné de la caste des grands blancs mais il s'acharnait à gagner leur vie. Leur parcelle regorgeait de citronniers et d'ananas qu'il avait plantés avec opiniâtreté. Quand elle ne repassait pas de linge, Prudence confectionnait des confitures que Louis vendait au marché, en même temps que leur production maraîchère. Mais leurs revenus restaient insuffisants et leur famille s'agrandissait.

Elisabeth apprécie le sérieux de Prudence, que n'altèrent ni son optimisme, ni sa bonne humeur. Avec application, elle inscrit la répartition hebdomadaire du linge sur un carnet.

12 – GROTTES ET SOUTERRAINS

Maxence sent presque le souffle des soldats anglais sur ses talons. Il dévale la pente malgré les griffures des halliers qui achèvent de réduire sa chemise en lambeaux. Une branche d'arbre rompue écorche méchamment son bras. La touffeur de la végétation et les feuilles mortes sur lesquels ses pas précipités trouvent d'instinct leur appui, laissent place brusquement à un sol rocailleux et acéré. Le sang jaillit sous ses pieds, mais il ignore la douleur. Il ne doit pas être repris. Il a entendu quelques minutes plus tôt les hurlements de James, l'esclave qui l'a aidé à s'enfuir. « *Run, brother ! Run !* » Blessé à la jambe, celui-ci a été fait prisonnier par la troupe de soldats. Le châtiment pour sa fuite sera d'une extrême cruauté. Maxence ne doute pas de la sévérité des lois interdisant le marronage dans la colonie britannique. Le cœur cognant à tout rompre dans sa poitrine et les poumons près d'exploser, il continue sa course. Les soldats hurlent.

— Il est tout près ! Regardez ! Le voilà ! *Let's go ! Move !*

Le premier soldat épaule son arme et vise, sans pouvoir tirer. Maxence disparait et réapparait au hasard de sa fuite. Une fraicheur inattendue venue de la terre le surprend. Une grotte. Il s'y engouffre en claudiquant, les pieds entaillés par les pointes calcaires de la roche.

La grotte est colossale. Sa voute est encore plus grande que la cathédrale du Mouillage à Saint-Pierre. Un lac souterrain occupe ses profondeurs. Des gouttes d'eau s'écoulent du plafond que Maxence ne distingue pas. Une froide humidité le prend à la gorge. Il n'attend pas que sa vue s'adapte à l'obscurité et plisse les yeux sans perdre de terrain. L'endroit est parsemé de stalagmites et des pics gigantesques semblent vouloir le clouer sur place. Il s'enfonce dans l'obscurité salvatrice et à tâtons continue sa progression aussi vite que ses pieds labourés le lui permettent. Il essaie de calmer les battements désordonnés de son cœur. Un souffle d'air frais glace la sueur de son torse. Il distingue une faible lueur vers laquelle il est tenté de courir. Son instinct le retient. Sa respiration haletante le trahit. Les Anglais se ruent vers l'entrée de la grotte.

— Nous le tenons !

Un long bloc rocheux épais et penché vers l'avant semble les attendre au fond de la grotte. La silhouette minérale ressemble à un prédicateur en chaire haranguant les fidèles. A ses pieds, une cavité protégée. La cachette idéale pour le fugitif.

— Il ne peut plus nous échapper ! Par ici !

Les Anglais, le lieutenant en tête, avancent fusils pointés vers la masse calcaire accueillante et silencieuse. Un long hurlement jaillit, suivis de nombreux autres. Dans leur course aveugle, les soldats n'ont pas vu le gouffre béant à leurs pieds. La roche friable à cet endroit s'effondre sous leur poids, à mesure qu'ils tentent de reculer. Surpris par le vide soudain, ils chutent dans l'abîme sans fin. L'écho des cris de terreur, bientôt interrompus par les craquements des os et le bruit mat des corps désarticulés, remonte à la surface. Des gémissements et des appels à l'aide s'élèvent faiblement. Maxence s'approche au bord du gouffre avec précaution. Caché dans une anfractuosité, il attend encore.

Saint-Vincent. Il devait fuir à Saint-Vincent. Cette île était le refuge des esclaves en fuite, Maxence l'avait entendu chez les O'Leary. C'était une île neutre depuis le traité de Basse-Terre en Guadeloupe. Avec cet accord, les Anglais et les Français permettaient aux Indiens Caraïbes de se replier aux îles de Saint-Vincent et de la Dominique. Les Indiens Caraïbes s'engageaient à demeurer en paix à condition que les Français et les Anglais en fissent de même avec eux. Et les esclaves marrons n'étaient pas pourchassés. Maxence se fit la promesse d'atteindre cette île.

La nuit venue, il marche vers le nord en direction de Speightstown. Dans ce port, il pourra se fondre dans la population et embarquer sur un navire pouvant l'éloigner au plus vite de Barbade. Il ne prend pas de repos, il n'est pas encore hors d'atteinte. Ses poursuivant sont morts mais l'alerte a été donnée et il doit être recherché à l'heure qu'il est. Il se déplace dans la campagne en se cachant des habitations. Près d'un hameau, les aboiements des chiens lui font faire un long détour.

Dans l'obscurité, il progresse avec précaution dans le lit d'une rivière pour effacer ses traces et dissoudre son odeur.

Le jour se lève à peine quand il atteint les abords du port. Caché à l'angle d'un bâtiment, il devine le nom des navires dont la masse sombre écrase les quais. Les vaisseaux de guerre voisinent avec les bâtiments de commerce. Il doit se presser et choisir sur lequel embarquer. Les bâtiments commerciaux pratiquent le cabotage d'île en île. Avec un peu de chance, l'un d'eux pourrait faire relâche à Saint-Vincent. La sueur perle au front de Maxence. De sa décision, viendra son salut, ou pas. Fébrile, il se force à réfléchir et à observer attentivement les bateaux.

Des tonneaux sont entreposés sur le pont d'une corvette. Du sucre ou du rhum forcément. La cargaison est faite. Le bateau de ligne devra appareiller rapidement, sinon c'est une perte d'argent pour l'armateur et le planteur. Il choisit ce navire. Avant de se glisser silencieusement sur le quai, il a le temps de lire le nom du bateau, *Marmaduke*.

Il grimpe aux cordages dont l'extrémité traîne sur le flanc du bateau. Il se hisse sur le pont en s'accroupissant aussitôt. Il hésite à descendre à la cale. Cela peut être un piège dans lequel il s'enfermera lui-même. Mais il ne peut pas rester sur le pont. Il se faufile entre les tonneaux et parvient à l'entrée obscure. Il descend les premières marches avec la crainte d'être découvert. Une porte s'ouvre brusquement. Il se renfonce dans un coin. Il peut sentir la sueur âcre du marin qui le frôle presque. Le cœur battant, il poursuit sa descente et se cache à fond de cale.

Un hublot amène un peu d'air et lui permet de voir l'extérieur. Il observe l'animation grandissante du port à l'aube. Des matelots avinés sortent des tavernes. Des soldats sont relevés de leur tour de garde. Des portefaix et d'autres va-nu-pieds commencent à faire la queue devant la porte des entrepôts, en attendant l'ouverture pour le chargement des tonneaux de sucre. Des marchands disposent leurs denrées sur des étals. Des charrettes venues de la campagne transportent de lourdes barriques. Sur la place, des menuisiers hissent une étrange pièce de bois à l'aide de câbles et de cordages. C'est un long sarcophage creux à forme humaine dont on aurait enlevé la tête. Les hommes s'activent en installant le sarcophage au pied d'une pile de bois.

Les heures passent, Maxence, toujours aux aguets, somnole avec de brusques réveils quand sa tête plonge sur son menton. Ses forces reviennent peu à peu. La rumeur du port enfle à mesure de l'avancée de la matinée. La place se remplit de badauds et les discussions bourdonnent dans l'air encore frais. Un charriot conduit par deux mulets est amené devant le sarcophage. Des hommes armés en descendent et enlèvent la bâche qui le recouvre. Un esclave enchaîné est poussé sans ménagement hors de la plate-forme. Les gardes le libèrent de ses liens, avant de le soulever pour le placer dans le sarcophage.

Seule la tête de l'esclave dépasse, prisonnière du carcan qui s'est refermé. La foule applaudit. Le feu est mis au tas de bois.

Maxence voit avec horreur le feu embraser les branches, puis le sarcophage. De quoi cet homme est-il coupable pour mériter un tel châtiment ? L'homme pousse des hurlements glaçants. La foule rit quand les flammes s'élèvent et viennent lui lécher le visage. Les spectateurs huent et conspuent l'esclave. Des pierres lancées le blessent à la tête. Le malheureux essaie d'esquiver. Le bois du sarcophage noircit et se craquèle. Une écœurante odeur de chair brulée envahit l'atmosphère. Avec l'indifférence de l'habitude, des femmes continuent de marchander le prix des denrées sur les étals. Les esclaves qui les suivent en portant les paniers détournent leurs yeux pleins de larmes. Les portefaix avancent en courbant le dos sous le fouet. Ils regardent droit devant eux pour ne pas déclencher le courroux du contremaître. Les hurlements sont insoutenables. La foule s'esclaffe. Après de longues minutes, la tête carbonisée s'affaisse, le visage déformé par une grimace de douleur.

Le *Marmaduke* lève l'ancre. Maxence pleure de rage et de compassion, révolté par l'atroce agonie de l'esclave supplicié. Il se souvient qu'il est un homme libre. Il veillera à le rester. Personne ne lui ôtera plus sa liberté, ce bien précieux entre tous.

13 - TREMBLEMENT DE TERRE

La nuit est tombée depuis longtemps, ponctuée par les stridulations des criquets et le chant des grenouilles quand l'habitation est réveillée par un grondement sourd. Dans la rue case' nègres, les paillasses tremblent, les poteries et les calebasses glissent des tables avant de se briser sur le sol de terre battue. Les chaises paillées se renversent. Les murs en terre battue se fissurent et s'écroulent. Surpris dans leur sommeil, hommes et femmes ne réalisent pas ce qui arrive, avant de se ruer dehors, mus par l'instinct de survie. Dans la grande maison, les arcades de bois se brisent avec des craquements sinistres. Tout le côté est s'effondre dans un fracas épouvantable. Des silhouettes fantomatiques jaillissent de la bâtisse en poussant des cris stridents. Les chiens hurlent furieusement à la mort en tirant sur leur laisse.

C'est un tremblement de terre. Le grondement est continu. Les branches des flamboyants se balancent de façon menaçante. Les palmiers oscillent d'un côté et de l'autre comme s'ils hésitaient sur la direction à prendre et s'effondrent, dans un enchevêtrement de racines. Certains esclaves plus téméraires que d'autres, en profitent pour s'enfuir. Des cris retentissent quand la terre s'ouvre par endroits et engloutit hommes, femmes, enfants, cases, bâtiments de la sucrerie, pans de cannes à sucre, bœufs, charriots. De longues minutes s'écoulent. Le chaos est indescriptible. Des gouffres béants se referment dans des nuages de poussière suffocants.

Masse sombre posée sur l'horizon de la nuit, au-dessus du tumulte, le volcan reste silencieux. Aussi brusquement qu'elle s'était réveillée, la terre se tait. Enfin.

Enguerrand émerge de la nuit, hagard. Les pertes sont immenses. Il ne doit pas rester immobile. Il se force à agir. Ici, dans cet univers clos, tous dépendent de lui et de sa présence d'esprit. Il doit prendre les décisions qui s'imposent et vite. Les secours ne viendront pas tout de suite. Les plus proches voisins sont à des kilomètres. Il ignore si la ville de Saint-Pierre, le centre névralgique de l'île est touché. Et si le séisme a fait des victimes dans le sud, dans la famille d'Estelle… Nom de Dieu ! Estelle ! Elle s'est précipitée dehors avec lui au début de la catastrophe, mais il ne l'a plus revue. Estelle ! Il se met à crier et revient sur ses pas, vers leur maison, que les esclaves appellent grand' case. L'escalier branlant menace de s'effondrer. Estelle ! Sa femme, la compagne de tant de ses jours ! Si jamais… ! Non, cela ne se peut ! Elle était encore pleine de vie en sortant de la maison. Des esclaves, le corps et les cheveux gris de poussière s'extirpent des décombres. Elle n'est pas là. Il revient dans ce qui reste de l'allée et hèle les silhouettes qui s'agitent en tous sens. Estelle ! Il court vers la rue case'nègres où le désordre règne. Estelle !

— Je suis là mon ami !

Pieds nus, en chemise de nuit, échevelée, elle est penchée sur le corps d'une esclave auprès de qui pleure un enfant. Comme à son habitude, elle s'inquiète de leur sort. Elle a commencé à recenser les blessés et à les répartir selon la gravité de leurs blessures. Il soupire de soulagement. Elle se redresse. Il la presse contre lui et pose le menton sur le sommet de sa tête. Sa chaleur est réconfortante.

— Estelle, j'ai eu peur qu'il vous soit arrivé malheur !
— Enguerrand, nous sommes sortis ensemble de la maison !
— Je sais, mais vous n'étiez plus près de moi et d'autres bâtiments se sont écroulés depuis.

Elle sourit de son inquiétude et s'écarte un peu de lui.

— Voyez mon ami, je ne suis pas blessée.
— Estelle, je ne sais pas ce que je deviendrais sans vous.
— Nous avons du travail. Les blessés sont nombreux et les morts aussi, je le crains. Je vais voir si les médicaments sont encore accessibles. Nous ferons des emplâtres et des attelles pour les blessures en attendant que le docteur vienne jusqu'ici. Beaucoup de nos gens ont des membres fracturés à cause des chutes.

Enguerrand doute que le médecin puisse venir à la Roxelane. S'il est toujours vivant, il sera réquisitionné par les autorités de Saint-Pierre. Les esclaves ne seront pas la priorité du Gouverneur. Mais il ne dit rien pour ne pas décourager son épouse. Le pragmatisme d'Estelle rejoint le sien. Agir pour repousser l'adversité. Avancer et régler les problèmes les uns après les autres, tout en gardant la vision de l'avenir.

*

Dans le bureau de Louis de Brach, le Gouverneur, l'atmosphère est lugubre. Six cent quarante-deux bâtiments ont été endommagés et trente-neuf maisons sont complètement détruites, uniquement pour la ville de Saint-Pierre. Un incendie a aggravé le bilan des pertes humaines et des dommages matériels.

Il faut prendre des mesures rapides. Tout d'abord réunir le conseil. Les grands Blancs recenseront les dégâts dans les quartiers de leur circonscription et sur leur habitation en particulier. La sécurité de l'île est primordiale. Il appelle son aide de camp qui fait aussi office de secrétaire.

— Charles ! Prenez note du courrier que je vais vous dicter. Vous le recopierez à l'attention de chacun des membres du conseil. J'y apposerai mon sceau ensuite.

Chapeau sous le bras, l'aide de camp se présente. Il s'assoit au bureau et saisit la plume d'oie qu'il trempe dans l'encrier, avant d'en tapoter l'extrémité. Sous la dictée rapide, la plume crisse sur le vélin crème.

> *An de grâce 1733, dix-huitième année du règne du Louis le quinzième le bien-aimé,*
> *Nous, Gouverneur Louis de Brach, ordonnons le recensement de tous dégâts et destructions des bâtiments…*

Le Gouverneur continue avec la réquisition de tous les moyens humains et matériels pour la reconstruction des bâtiments publics et des maisons, les soins aux blessés, la mise en terre rapide des morts pour éviter une épidémie de choléra suite à la contamination de l'eau, le recensement des disparus et le plus grave, des esclaves manquants. Des planteurs siégeant au conseil sont convoqués dès le surlendemain au fort de Saint-Pierre.

Après réflexion, Louis de Brach se résout à demander le concours du conseiller souverain du Roi et de l'Intendant. Dans la course aux honneurs, le conseiller du Roi, Guillaume Littée, veille depuis sa nomination à le discréditer par des courriers auprès du monarque dès qu'il perçoit une faiblesse de son administration.

Dans son ordonnance, Le Gouverneur incite les habitants à faire la chasse aux esclaves en fuite. Ils ne doivent laisser aucun danger menacer l'ordre de leur quartier et au-delà celui de la colonie. Toutes les forces vives doivent être en alerte pour parer à l'éventualité d'une révolte.

14 - REVELATION

Avec les commissions de plusieurs milliers de livres sur les ventes de fûts aux colons de sa parentèle, Enguerrand a de quoi reconstruire l'habitation, après le tremblement de terre. Maçons, charpentiers et menuisiers sont très sollicités.

Estelle embauche innocemment Gabriel comme charpentier de marine. Elle en parle à Enguerrand. Qui blêmit quand il l'apprend.

— Qui avez-vous dit ?
— Mais… Gabriel, le charpentier du port, notre amie Madame de Loigne me l'a recommandé !
— Etes-vous folle ? Vous n'envisagez pas sérieusement de le faire travailler ici !

Enguerrand maîtrise mal sa colère. « Mais pourquoi pas ? » se défend Estelle. « Vous l'avez assez puni durant toutes ces années. Vous l'avez privé de son enfant !

— Ce n'était que justice après qu'il eut osé lever la main sur moi !

— Il a bien payé pour cela. Il a servi la patrie qui est aussi la vôtre. »

Enguerrand marche nerveusement de long en large. Il s'arrête devant le guéridon et assène un violent coup de poing dans le miroir, qui fait sursauter Estelle. Les éclats de verre jonchent le sol. Il donne libre cours à sa fureur sans se soucier de sa main blessée. Sa femme s'approche, il la repousse d'un geste en dardant sur elle ses reflets sombres.

— Il méritait d'être pendu ! Après tous les supplices ! Le Code Noir m'y autorisait ! J'avais le droit !... J'avais le droit de le tuer !

— Mon ami, je sais que vous êtes un homme bon, vous ne pouviez pas faire cela !

— Bien sûr que si ! Je ne l'ai pas fait pour ne pas ressembler à mon père qui a torturé le père de Gabriel sans raison ! Nous en avons assez payé le prix ! J'ai encore devant les yeux les images de mes deux petites sœurs empoisonnées par leur nourrice ! La mère de Gabriel ! Nos plantations incendiées ! Notre maison brûlée ! Les révoltes de nos esclaves !...

— Je le sais mon ami, je le sais…mais Gabriel n'était qu'un enfant à l'époque, il n'a pas participé à tout cela. Et vous n'êtes pas de ces maîtres sans dignité pour eux-mêmes qui font subir les pires sévices.

—   Ne soyez pas naïve Estelle ! La rancœur peut amener aux pires représailles. Il a toutes les raisons de vouloir se venger. Nous élevons sa fille.

—   Voyons Enguerrand, le temps a passé, les plaies se sont refermées et nous prenons soin de Louna…

Excédé, passant sa main blessée dans sa toison mêlée d'argent, le planteur interrompt son épouse. Une traînée de sang souille son visage.

— Vous n'avez aucun discernement ! Vous embauchez aujourd'hui le fils d'Athanase, l'esclave par qui tout est arrivé ?! Gabriel était esclave, fils d'esclave ! Maintenant je devrais le payer quand hier encore il était dans les fers !? Supporter son triomphe chez moi ?!?

Estelle insiste : « Mais Gabriel est libre aujourd'hui, vous le savez. Il a été affranchi par ce capitaine de marine qui a résidé un temps au port. Tout est en règle… il n'a jamais démérité.»

Enguerrand rugit :

— Et quand bien même !... Je ne veux pas de lui ici !
— Mon ami, c'est le meilleur charpentier de la ville. Il peut travailler chez nous sans risques. Il ne nous fera pas de mal, je vous l'assure…
— Savez-vous… savez-vous, suffoque Enguerrand qui desserre le foulard à son cou et tête courbée, s'appuie des deux mains au bord de la table. Inquiète, Estelle se rapproche.

Rouge et maîtrisant mal le tremblement de ses mains, Enguerrand se tourne vers elle.

— Savez-vous ce que cela fait d'être le frère d'un esclave ?!? Imaginez-vous ce que cela fait d'être à demi-noir ?!? D'avoir un père esclave !? Et de se l'entendre dire par une vieille esclave ? Qui a prétendu que tous le savaient ?!

Estelle reste bouche bée de stupeur. Enguerrand s'assied lourdement, sous le choc de l'aveu qu'il vient de laisser échapper. Sa femme s'approche de lui et s'agenouille à ses pieds.

— C'était donc ça ?! C'était ça votre secret ? Mon ami, souffle-t-elle, je savais bien qu'il y avait autre chose que ce combat entre lui et vous.
— La vieille a dit… elle a dit… que j'étais le fils d'Athanase, qu'Antoine n'était pas mon père. Que ma mère avait fauté. Que tous les esclaves étaient au courant… Vous savez tout maintenant.

Enguerrand se prend la tête dans les mains. « Nos filles, nos enfants, … Si la tâche était ressortie sur eux, si elle ressort sur leurs enfants…

— Mon ami, vous voyez bien qu'il n'est rien arrivé de tel ! Et personne ne le sait. Tous sont morts depuis longtemps.
Apaisante, elle lui presse les mains. « Et puis nous ne serions pas la seule famille où cela serait. Qui peut vous en faire reproche aujourd'hui ?

— Mais toute la colonie, voyons ! Je siège au conseil. Je pourrais en être exclu, mes terres confisquées et redistribuées. Vous-même, … » Il n'ose continuer et formuler sa crainte première.

— Oui ?

— Vous pouvez demander réparation et repartir avec tous vos biens.

Estelle se redresse sur ce qu'elle considère comme un affront.

— Mon ami ! Vous m'insultez !

Il garde la tête obstinément baissée. Elle le saisit aux épaules et cherche son regard.

— Après toutes ces années, vous ne mesurez pas l'attachement qui me lie à vous ? Après tout ce que nous avons traversé ! Les beaux enfants que nous avons eus ?! Tout ce que nous avons bâti ?! Je suis votre épouse quoi que vous fassiez, qui que vous soyez ou qui que vous pensez être ! Mon destin est lié au vôtre devant Dieu et devant les hommes !

— Estelle... Oh ! Estelle…

Bouleversé, Enguerrand se lève et prend sa femme dans ses bras. Ils pleurent silencieusement tous les deux tandis qu'elle le berce doucement.

15 – EUGENIE

Les petits boutiquiers, marchands, regrattiers[25], *cafetiers, boulangers et autres vendant à petits poids et petites mesures, 100 livres chacun d'imposition.*

Ordonnance de MM les Général et Intendant

Tous les ouvriers et portefaix du port de Saint-Pierre, tous les libres de couleur et les engagés qui le pouvaient, venaient acheter leur casse-croûte dans l'échoppe d'Eugénie. A midi, quand le

---

[25] Vendeurs de sel

soleil atteignait son zénith et que la sueur brûlait les yeux, une procession d'ouvriers se rendait joyeusement dans son épicerie. Au rez-de-chaussée d'une maisonnette tout en longueur, coincée entre les magasins d'un négociant de sucre et de rhum et les entrepôts de la Compagnie des Indes, la truculente matrone vendait accras de morue, beignets de *titiris*[26], *balaous*[27] frits, carrés de fruit à pain, salaisons trempant dans la saumure et crabes farcis les jours de fête.

Les sacs en toile de jute contenant riz, haricots rouges, maïs, lentilles étaient posés à même le sol de terre battue. A l'entrée, les dame-jeanne de rhum et d'eau-de-vie, ventres cerclés de paille tressée, côtoyaient les carafes d'huile. Les effluves épicés que dégageait la boutique attiraient irrésistiblement les chalands.

Dans un coin, un étroit bahut aux portes grillagées contenant un bric-à-brac de quincaillerie excitait les convoitises. Sur les étagères, des articles rares et onéreux. Des pains de savon de Marseille, arrivés à grands frais de la métropole, des petites fioles mystérieuses que la marchande décrivait comme des parfums ensorcelants, des brosses à cheveux, des aiguilles, des bobines de fil, des boutons dorés et tout ce qui se faisait de mieux à Paris, assurait-elle.

Avec des gestes rapides et précis, Eugénie enveloppait les acras dans un morceau de feuille de bananier. Tout en prenant

---

[26] Larves de poissons pêchées aux embouchures des rivières
[27] Poissons de mer

des nouvelles des clients, elle versait adroitement le riz ou les *ti'nin morue* des déjeuners dans les calebasses.

> — Adolbert ! *Sa ou fè jodi a ?* Comment ça va aujourd'hui ?
>
> — *Mwen la, mwen la. Mwen ka dechajé saks di ri assou bato la Kompani.* Ça va, ça va. Je décharge des sacs de riz des bateaux de la Compagnie.

Avec son habituelle fausse candeur de rouée, elle présentait son opulente poitrine sous son meilleur jour au moment du paiement. Les manouvriers ne savaient pas où poser leur regard et en oubliaient de recompter leur monnaie. Parfois un client toussotait, gêné et se dandinant, demandait à l'épicière de lui faire crédit jusqu'à la fin de la semaine.

> — *Béké'a poko péyé mwen.* Le béké ne m'a pas encore payé.

> — *Ou ja dwé mwen lajen dépi la simen passé ! Ou ka fè'y allé !* Tu me dois déjà de l'argent depuis la semaine dernière ! Tu exagères !

> — *Byento, byento, an ké péyé'w.* Bientôt, bientôt, je vais te payer.

Eugénie notait soigneusement sur un livre de compte, parsemé de taches grasses, le montant de la dette. Elle était parfois intraitable.

— *Pa ni lajen, pani diri ! Ou kompwen béké'a ka fè mwen kwedi ?*
Pas d'argent, pas de riz ! Tu crois que le béké me fait
crédit ?

C'est ainsi qu'elle régnait sur un peuple de petites gens, avide
de réussite et de meilleures conditions de vie.

Ce matin, elle reçoit de la marchandise. Impérieuse, elle
houspille le portefaix pour qu'il range les sacs pesants contre le
mur de la boutique. La clochette de la porte signale une nouvelle
arrivée.

— « J'ai dit bonjour la compagnie !
— *Sa ou fè Elisabeth ? Hé bé ! Ni lonten mwen pa we'w.*
Comment vas-tu Elisabeth ? Eh bien ! Il y a longtemps
que je ne t'ai vue.

Eugénie jette un œil appréciateur à la tenue d'Elisabeth,
toujours vêtue de robes impeccablement repassées et de jupons
immaculés. Aujourd'hui la traîne de la robe de madras, aux tons
jaune et indigo, est relevée à l'arrière pour marcher aisément
dans les rues encombrées. Mais les chevilles restent couvertes
des bas roulés de rigueur. La lavandière laisse admirer sa toilette
avant de répondre :

— *Tou douss, tout douss, la vi a red.* Ça va tout doucement. La
vie est difficile. Je suis venue voir si tu as reçu le fil pour
ma couture.

— Oui, j'ai tout reçu ! Le bateau est arrivé hier. J'ai aussi de beaux tissus damassés pour les *gwanrob*[28]. Si tu veux voir… » propose Eugénie, en désignant l'arrière-boutique. Elisabeth marque une hésitation, le regard attiré comme un aimant vers le fond de la pièce où chatoient les rouleaux chamarrés.

— Je pensais attendre un peu… Nous venons d'acheter le haut du terrain….

— Ma chère, jette un œil ! Ça ne t'engage à rien, la coupe Eugénie en s'effaçant pour la laisser passer et désignant de la main satins, damas, dentelles blanches, cotonnades et rubans qui s'entassent dans un somptueux désordre. « Je n'ai pas encore rangé ».

Elisabeth caresse du regard un damas violet au milieu des rouges éclatants, des jaunes dorés et verts forêt. L'habile marchande déploie aussitôt le rouleau sur la table.

— Tiens, regarde cette qualité. Tu peux toucher, tu verras comme c'est agréable. La couleur irait bien avec ta peau de miel. J'ai aussi ce vert et ce bleu, dit-elle en virevoltant autour d'Elisabeth. Celle-ci hésitante, peine à se détourner du magnifique tissu.

— Et regarde ce satin orange bien épais pour confectionner le jupon qui se marierait avec la robe violette ! Il faut une couleur complémentaire pour le jupon de la *gwanrob*.

---

[28] Robes de cérémonie

Elisabeth, presque vaincue, déambule encore et effleure un ruban de velours rouge. « Pour les nœuds d'amour des corsages, il n'y a pas mieux !». Eugénie porte l'estocade. « Tu me paieras plus tard. Je vais marquer sur ton carnet. Il faut que tu sois bien habillée pour la messe et les cérémonies. ». Preste, la marchande mesure tissus et rubans, coupe l'ensemble de ciseaux lourds et crissant avant qu'Elisabeth n'ait le temps de réfléchir. Le tout est vite emballé. Elles retournent dans la boutique et s'avancent près du comptoir.

Avec des bruits de gorge, Elisabeth hume avec gourmandise les effluves qui se dégagent de la demi-calebasse posée à côté des bocaux de biscuits secs.

> — *Mmmh ! ça ki ka senti bon kon sa, han ?* Qu'est-ce qui sent bon comme ça, hein ?

Eugénie continue toujours en créole :

> — Ce sont les acras du jour ! Acras de *titiris*[29] ma chère ! Si tu en veux, prends vite, parce que les *agoulous gran fals,* les voraces, ne vont pas t'en laisser. Je n'aurai pas le temps de les vendre rassis, rigole l'épicière.
> — J'en prendrai une demi-livre alors. Je les servirai ce midi à Gabriel.

---

[29] Alevins de poissons

— Tu fais bien ! Avec un *kalalou*[30]et un *carreau* de fruit à pain, ton bougre devrait être content. Ses affaires vont bien ?

Elisabeth hésite. Fine mouche, Eugénie la fixe sans rien dire, attendant la suite tout en servant les accras.

— Oui, oui, ça va, mais j'aurais préféré qu'il n'accepte pas tous les chantiers.
— Et pourquoi ça ma chère ?
— Réparer un bateau c'est une chose, mais une habitation…
— Eh bé !? Où est le problème, *han* ? Cela fera rentrer plus d'argent pour vous. *Cé béké'a ka péyé bien !* Les békés payent bien !
— Ce n'est pas n'importe quelle habitation….
— *Cé ki lès ?* Laquelle ?
— Celle des Bourdeuil.

De surprise, Eugénie s'arrête d'emballer les accras.

— Ah bon ? Monsieur Enguerrand l'a engagé ?
— Oui, enfin, c'est madame Estelle.
— Tu n'as pas peur ?
— Tu connais Gabriel, j'ai essayé de l'empêcher, mais il veut quand même travailler là-bas.
— Mon Dieu, préservez-nous !

---

[30] Une soupe d'herbes vertes

16 – SAINT-VINCENT

Le *Marmaduke* fait relâche dans un port, sur une autre île. Est-ce Saint-Vincent ? Comment savoir ? Maxence sera vite renseigné. Après les manœuvres d'accostage et les ordres hurlés en anglais par l'équipage, la langue parlée par le peuple qui fourmille dans le port est aussi l'anglais, mâtiné d'expressions créoles. Son oreille ne distingue pas les sonorités du français. Il ne peut être qu'à Saint-Vincent. Le temps de la traversée a été trop court pour envisager un autre endroit.

Maxence attend la nuit pour s'échapper du bateau. Tapi dans la cale, il sait que les marins descendent à terre avant que les manouvriers ne déchargent les cargaisons, sous la supervision du second. Il est dévoré par la soif. Il est tenté de boire aux tonneaux entreposés près de lui, mais les ouvrir est risqué. Le bruit pourrait attirer l'attention. Il entend le piétinement des marins sur le pont et le ton de plaisanterie auquel répondent des rires salaces.

Maxence réfrène son impatience. Presque sans crépuscule sous ces latitudes, la nuit tombe brusquement. Il se faufile dans les coursives. Personne à l'échelle du pont. Il se glisse à l'étage. L'officier de quart est debout près des haubans du mât central, le visage éclairé seulement par la lueur de la lanterne. Maxence n'hésite pas longtemps. Il s'élance, enjambe le plat bord, se suspend aux cordages du flanc du navire. D'un bond souple, il saute sur le quai, s'accroupit aussitôt et court rejoindre l'entrepôt le plus proche. Essoufflé, il essaie de remettre de l'ordre dans ses idées. Rester en ville dans cet environnement où il ne maîtrise pas la langue pourrait le trahir. Partir dans la campagne est tout aussi dangereux. Il est un fugitif. Sa peau mate le désigne comme esclave. Ici, il n'a aucun moyen de prouver son état de libre de droit si on le lui demande. Sa liberté, évidente sur l'île française de la Martinique, où l'affranchissement de son père et la liberté de fait de sa mère sont connus de tous, pose question partout ailleurs. Mais d'abord étancher sa soif. Il avise un tonneau d'eau de pluie à l'angle du bâtiment. C'est une menuiserie, comme celle de Gabriel, son père.

Maxence revoit Gabriel l'emmenant à la menuiserie, quand il était enfant. Son père, qu'il n'avait retrouvé qu'à l'âge de six ans, avait tissé la relation qui leur avait manqué. Maxence aimait suivre Gabriel sur le chantier naval de Saint-Pierre, où celui-ci avait repris la licence de charpentier de marine du père d'Elisabeth.

Là, tout un peuple de marins, flibustiers, corsaires et portefaix évoluait dans une atmosphère virile, suintant le danger, derrière les rires et les bravades. Maxence grandissait parmi les récits de course, d'abordages, de prises de cargaison, de naufrages. Il percevait confusément la mort qui rôdait et pouvait fondre sur ces hommes à tout moment. Tous vivaient avec elle comme une vieille amie qui leur rendait visite de temps à autre.

Gabriel toisait, mesurait, découpait les belles planches, qui assemblées, réparaient les carènes élancées des navires de guerre. Il radoubait et calfeutrait aussi les coques plus modestes des yoles des pêcheurs, avec un mélange de goudron, de poix et de mixtures dont il avait le secret. En échange, les pêcheurs versaient deux ou trois livres de poissons scintillants d'écailles, dans le *coui*, la demi-calebasse qui leur servait aussi à écoper. Des crabes *ciriques* délaissés par les matrones venaient parfois agrémenter l'ordinaire. Elisabeth les servait, préparés en *dombrés*[31] avec des haricots rouges. La farine de manioc parsemée sur le plat épaississait la sauce onctueuse.

Parmi les hommes qui gagnaient durement leur vie, père et fils se découvraient dans une calme complicité. La timidité des débuts laissait la place à un attachement indéfectible. Gabriel enseignait à son fils la réflexion, l'importance de la précision, le

---

[31] Petites boules faites d'un mélange de farine, d'huile et d'eau, farcies de lardons ou de crustacés.

travail bien fait. Il fallait couper, équarrir, poncer au pouce près. Les pièces entrelacées devaient rester parfaitement étanches. Le travail de Gabriel était reconnu et outre les capitaines, il était sollicité par les propriétaires de belles demeures pour les inévitables réparations et parfois d'importantes constructions.

Qu'aurait dit son père aujourd'hui ? Que lui aurait-il conseillé ?

Accroupi près du tonneau d'eau de pluie, il lui semble entendre la réponse de Gabriel. Rester à Saint-Vincent et rejoindre les marrons dans la campagne serait une solution mais il ne réussira jamais à prouver son état de libre de droit. Si un équipage anglais débarque, il risque gros. Sa tête a dû être mise à prix à la Barbade après son évasion de l'habitation O 'Leary et la mort des soldats lancés à sa poursuite. Le supplice qu'il subira sera d'une infinie cruauté. Il ne veut plus fuir. Il veut recouvrer sa liberté et sa dignité. Il doit rentrer en Martinique. Il doit impérativement embarquer sur un bateau français.

17 - CHARLOTTE

Au bal du Gouverneur, Charlotte a revu Louis de la Cerisaie. Les deux jeunes gens sont tombés amoureux et Louis a commencé une cour discrète. Il se présente à la Roxelane un après-midi pour s'entretenir avec Estelle et Enguerrand.

Enguerrand paraît contrarié. Il ne voit pas cette relation d'un bon œil. Estelle intervient, souriante et avenante. « Entrez jeune homme, soyez le bienvenu. Je vous en prie prenez place. Charlotte ne va pas tarder à descendre. »

Enguerrand la retient par le bras et chuchote « Estelle ! »

— Mon ami, l'interrompt sa femme sur le même ton, je sais ce que vous allez dire. Mais souvenez-vous, nous avions promis à notre fille qu'elle pourrait choisir son époux le moment venu. Ce moment est arrivé.
— Estelle, attendez ! Je n'ai jamais rien dit de tel !
— Charlotte est en âge d'être mariée.

— Bien sûr Estelle, mais pas avec n'importe qui. Je choisirai l'époux de Charlotte en fonction des intérêts de notre famille.

— Eh bien, ce prétendant est tout désigné !

— La Cerisaie n'est pas quelqu'un de bonne moralité et ce garçon n'est pas pour elle.

— Pourquoi donc ? Ce sont des gens honorables il me semble, Charlotte aurait pu tomber plus mal. Louis a l'air très amoureux. Notre dernière sera aimée pour ses qualités. Nos aînés sont mariés et bien lotis, que souhaiter de plus ? Vous n'avez nul besoin de terres ou d'argent. Et cette famille en possède presque autant que vous.

Enguerrand peine à expliquer à Estelle l'hostilité latente entre Charles et lui, leurs piques aux séances du Conseil, la jalousie manifeste de la Cerisaie. « Il en sera comme je l'ai décidé. »

—Bien mon ami, en attendant, tâchons d'être accueillants comme le veut la bienséance. » Et elle précède son époux dans le séjour pour un bavardage léger avec les deux jeunes gens.

*

Plus tard dans son lit, le regard levé au plafond, Charlotte repense à cet après-midi. La mauvaise humeur de son père était perceptible malgré les efforts de sa mère pour donner le change. Louis possède tous les atouts convenant à sa condition, elle ne comprend pas cette animosité !

Avec des frissons, elle se rappelle leur conversation et les mots d'amour du jeune homme. Avant que Louis ne parte, Estelle leur avait accordé un moment d'intimité sous la véranda. Louis lui avait pris les mains en évoquant des projets d'avenir sous des cieux plus cléments. Lui aussi avait senti la froideur d'Enguerrand. Elle avait rêvé avec lui avant qu'un garde n'amène le cheval du jeune homme. Elle l'avait longtemps suivi du regard jusqu'au moment où le chemin de la Roxelane plongeait vers les pentes de la Montagne Pelée.

Elle entend les voix étouffées de ses parents. Elle prête l'oreille mais ne distingue pas ce qu'ils disent. Elle repousse le drap, sort de sa chambre et s'avance dans le couloir. Le silence s'est fait entretemps. Elle hausse les épaules et descend le grand escalier sans bruit. A l'extérieur, la porte de la cuisine grince un peu mais le reste de la maisonnée est endormi.

Elle se sert un verre de l'eau mise à rafraichir dans les carafes de terre et va s'assoir sur la méridienne de la véranda. Elle passe le verre frais sur son front avant de le porter à ses lèvres.

Elle s'immobilise soudain. Sur les marches de la véranda, se dresse une ombre. Un esclave immense armé d'un coutelas marche vers elle. Elle ne le connait pas. Ce n'est pas l'un des gardes. Charlotte lâche le verre qui se brise en tombant. Elle veut crier. Elle ouvre la bouche sans pouvoir émettre aucun son. Elle se met à courir sur la pelouse, l'ombre silencieuse la poursuit. Elle trébuche sur une racine de flamboyant. Etalée de tout son long, elle se retourne pour apercevoir au-dessus d'elle, l'ombre au bras levé, coutelas en main…

— Mon enfant, ce n'est rien, chut, là… tout va bien. Ce n'était qu'un cauchemar.

Les bras rassurants de sa mère l'enveloppent et la bercent.

*

18 – HECTOR

En passant devant les bassins de l'indigoterie, Louna ralentit. Alimentés par la rivière Roxelane, les bassins sont disposés en étages, des plus grands aux plus petits. Elle aime le miroitement du ciel dans l'eau, qui se répercute dans chacun d'entre eux. Poussés par les alizés, les nuages filent aussi à la surface mouvante.

Les esclaves occupés à l'extraction de l'indigo ne se soucient pas d'elle. Ils viennent de couper des plants d'indigotiers et les mettent à macérer dans les trempoires, aux étages les plus élevés. Dans les bassins en contrebas, ils remuent l'eau où ont reposé les plants de la veille, avec de grands bâtons pour l'oxygénation et la diffusion de l'indican. Un beau liquide bleuté s'écoule ensuite dans les troisièmes cuves, les reposoirs. Des femmes récupèrent déjà l'étonnante boue colorée et lustrée qui en sort pour la faire sécher à l'ombre. Fascinée, Louna n'entend pas arriver Hector.

— Louna !

Elle se raidit, le visage aussi impassible qu'un masque wolof[32]. Hector peine à soutenir ce regard froid et indifférent. Soudain gauche malgré sa carrure, il sourit avec effort. Le port altier et la mine interrogatrice, Louna lui intime de parler.

— La semaine prochaine, on ne peut pas s'arrêter, Monsieur sera avec nous, il a à faire au port, mais la semaine d'après, si tu veux, on pourra t'emmener.

— M'emmener ? Je ne sais pas encore, Madame m'a demandé de l'accompagner au marché cette semaine.

— Tu ne pourras pas voir tes parents pour autant.

— Tu n'en sais rien.

— Je vois que tu t'obstines. Tu rêves après le Hollandais ! Ce monsieur de Witt ne voudra rien te donner quand bien même il le pourrait.

— De quoi tu te mêles ? Ce ne sont pas tes affaires !

— Tu pourrais être bien installée dans ta case si tu voulais, Madame ne demande pas mieux que de te donner une jolie dot. Et même si c'est deux livres et trois deniers, ce sera toujours bien.

— Pour quoi faire ? Pour me mettre en ménage avec toi peut-être ? se gausse Louna.

— Et pourquoi pas ? Je te déplais tant que ça ? Tu veux toujours plus que ce que tu as au lieu de te contenter de ce que la vie t'offre.

---

32 Ethnie du Sénégal et de Naomi, sa grand-mère

Piquée au vif et ramenée à sa condition en demi-mesure, Louna a un douloureux sourire.

— As-tu une idée de ce que je veux ? Penses-tu que tu pourrais me l'offrir ? Et si je veux un homme, je suis assez grande pour le choisir.

— Tu es trop *komparaison*[33] ! Ce blanc ne fera rien de bon avec toi.

— Je préfère encore être sa maîtresse que passer un seul jour avec toi !

Hector se trouble sous l'affront. Il pensait que Louna serait flattée de son intérêt. Son refus le blesse. Il bégaie.

— Qu'est-ce…, qu'est-ce que tu crois ? Qu'il va t'épouser peut-être ! Tu as vu ça où !?

Louna relève ses jupons et continue son chemin. Hector a juste le temps de lui lancer :

— *Alé-a sé taw, viré-a sé ta mwen !* L'aller est à toi, le retour c'est à moi. Je t'attends au tournant !

*

---

[33] Prétentieuse

19 – REGISTRES

On permet aux libres des maîtres à lire, écrire, d'arithmétique, de danse,
d'escrime ; tous les livres sont à leur disposition ;
ils savent par cœur l'abbé Raynal.

Réflexions sur les îles françaises du Vent,
ministère de la marine et des colonies

Encore agacée de sa rencontre avec Hector, Louna se presse vers la grand'case. C'est le jour où Estelle met les comptes de l'habitation à jour. Enguerrand gère l'ensemble de leurs biens, mais lui laisse la partie domestique avec plaisir. Estelle qui apprécie le sérieux de Louna et sa facilité à aborder la nouveauté, lui permet de l'assister dans sa tâche. D'ordinaire, la jeune femme écrit sous la dictée d'Estelle et remplit les registres. Devant la véranda, un cheval sellé tire sur la longe. Madame et Monsieur doivent avoir de la visite.

Elle contourne les cuisines pour passer à l'arrière de la maison. Estelle est déjà installée dans le petit salon, bien droite sur son fauteuil mais elle n'est pas seule. Debout à côté de son épouse, une main tendre sur son épaule et l'autre tenant un cigare, Enguerrand parle avec animation à quelqu'un qu'elle ne voit pas.

Estelle l'aperçoit. « Viens donc ma fille, nous allons commencer bientôt. » Louna s'avance et s'incline devant le couple. Elle relève la tête pour se trouver face à face avec le Hollandais. Elle cache sa surprise. Un demi-sourire aux lèvres, le marchand lève son verre vers elle. Rasé de frais, la mise élégante, bottes cirées, il la fixe de ses yeux transparents, avec une curiosité avide.

Estelle se tourne vers son époux. « Voulez-vous passer au fumoir ou au grand salon avec notre hôte, mon ami ? Nous avons à faire. Monsieur de Witt, veuillez m'excuser. ». Les yeux d'oiseau de proie se font interrogateurs quand Estelle fait signe à Louna de s'assoir et lui tend un registre.

La jeune femme ouvre le lourd cahier couvert de cuir noir et s'applique à tracer les colonnes de comptes sur une nouvelle page. Le marchand s'éloigne à regret tandis qu'Enguerrand le précède au fumoir. Son intérêt piqué au vif, il traîne le pas. Il a le temps d'entendre Estelle commencer la dictée.

Terres boisées : 200 ha
Terres plantées en cannes : 200 ha
Bovins : 50 têtes
Ovins : 50 têtes

Caprins : 50 têtes

Esclaves mâles : 90 têtes

Esclaves femelles : 80 têtes

Impassible, le visage indéchiffrable, Louna écrit le matricule des esclaves nouvellement acquis, leur âge et l'emploi auquel ils sont destinés. Elle trempe de temps à autre la plume dans l'encre noire. Sa tâche achevée, elle s'apprête à rejoindre les lingères pour la préparation de la lessive. Elle descend les marches de la véranda.

« Je ne pensais pas que vous saviez écrire. Vous êtes assurément pleine de surprises ! ». La voix la fait sursauter. Frans est devant elle, pouces passés dans son ceinturon, veste de beau drap des Flandres sur le dos. Il l'avait attendue. Elle peut sentir son parfum de vétyver au moindre de ses mouvements. Louna se cabre. « Je suis instruite et j'ai eu un précepteur. Je ne suis pas une ignorante. »

— Vraiment !?
— Bien sûr ! Je vous l'ai dit, je suis libre. J'ai reçu la même instruction que Mademoiselle. Je sais lire, écrire, compter et je peux signer de mon nom.
— Je ne pensais pas que vous aviez eu ce droit, seuls les garçons le peuvent. Et puis….

« Et puis, quoi ? » le défie Louna. « Madame Estelle n'a pas fait de différence entre ses enfants filles ou garçons. Et elle m'a permis d'apprendre avec eux... du moins quand ils étaient petits » ajoute -t-elle avec nostalgie.

Frans lève les mains en signe d'apaisement.

« Vous êtes très étonnante ! Aimez-vous lire ? ». La jeune femme hoche la tête avec méfiance. Frans continue

— J'ai vu un magasin appelé le « livre d'or » dans la grande rue en ville. Il y a toutes sortes de livres d'histoire, de mathématiques, de poésie et de romans dans cette boutique, très bien assortie en nouveautés. Certains sont à vendre, d'autres se donnent en lecture par abonnement.

— Par abonnement ? Les yeux de Louna ont brillé un instant avant de s'éteindre.

— Je pourrai vous rapporter un livre lors de ma prochaine venue. »

Louna ne s'attendait à la proposition de Frans, qui ne l'engage pas beaucoup au demeurant mais un autre sentiment dépassant le simple désir est visible dans les yeux de frégate. L'intérêt ou l'attention sincère, elle ne saurait le dire.

Elle baisse un peu la garde et sourit.

*

20 – EMPREINTE DE L'ANGE

Frans remet son chapeau et enfourche sa monture. Louna envahit ses pensées jour et nuit quand il n'est pas préoccupé par son commerce. Elle est aussi rétive qu'une pouliche qui demande à être domptée et soumise. D'abord l'apprivoiser, l'approcher avec douceur, ne pas l'effaroucher. Innocente et forte, comme si elle avait eu mille vies. Mais trop jeune pour connaître les traitrises du destin.

Il ne veut pas la forcer mais l'amener à lui. Le plaisir serait d'autant plus grand qu'elle viendrait d'elle-même. Il se délecte d'avance de sa victoire.

Le jeudi est un jour de lessive, il le sait depuis leur rencontre près de la Roxelane. Il veut la retrouver là-bas. Avec un claquement de langue, il met sa monture au trot. Le cheval se fraie un chemin à travers la rocaille de la descente. Il gagne bientôt le couvert et la fraîcheur de la forêt. Seul le pépiement des sucriers *falles* jaunes[34] traverse le silence. De temps en temps, il distingue l'appel des sternes qui se sont aventurées dans les terres. La mer n'est jamais bien loin.

L'excitation de la chasse le saisit. Ce sera aujourd'hui. Il entend le ruissellement de la rivière avant de l'apercevoir à travers les arbres. Sur les roches plates de la berge, Louna étend les draps qu'elle vient de laver. De grandes tâches étincelantes de blancheur parsemées çà et là et au milieu, Louna, comme dans un tableau. Il descend de cheval et sans se presser, attache la longe à une fougère.

Louna sourit. Il aime instantanément le petit pli qui se forme au-dessus de sa lèvre retroussée sur l'arc de Cupidon. Juste sur l'empreinte de l'ange. Quand il était enfant, sa mère lui avait conté qu'avant notre naissance, nous étions détenteurs de secrets sur le monde divin. Mais lorsque nous venions au monde, notre ange gardien nous posait un doigt sur la bouche et nous enjoignait au silence. Nous gardions cette empreinte toute notre vie. Il se surprend à vouloir lui raconter cette fable.

---

[34] Oiseaux endémiques de l'île

La jeune femme est détendue, toutes défenses baissées. Il admire son port de princesse et la grâce de ses mouvements. Son long cou plonge vers des courbes douces et rebondies Il s'approche, il peut respirer l'odeur de sa peau chaude et épicée. Il lui saisit doucement les poignets, elle ne se débat pas. Il considère ses mains, rendues rugueuses par les nombreuses lessives. Il les porte à ses lèvres et hume leur parfum de savon et de citron, sans la quitter de son regard transparent.

Il lève la main vers son visage. Elle ne recule pas. Il pose la paume sur sa joue. Frémissante, elle respire plus fort, sa poitrine se soulève. Il s'approche encore. Cette fois, c'est elle qui saisit son visage avec timidité puis toute retenue oubliée, l'embrasse maladroitement. Leurs dents s'entrechoquent.

Avec avidité, Frans presse Louna contre lui. Il ressent tout le désir de ce jeune corps auquel sa virilité répond fièrement. Ses mains volent de ses seins, à sa taille, à ses fesses, remontent sur la courbe de son dos. Louna frémit. Elle s'écarte de lui, reprend son souffle et ses yeux sont deux lacs brillants. La précipitation de Frans s'évanouit.

Sans la quitter des yeux, il défait lentement le ruban du corsage et enlève la frêle barrière de tissu. La poitrine de Louna jaillit, ferme et lisse, d'un brun chaud, les deux aréoles plus foncées dardées vers lui. Il baisse la jupe qui dévoile le galbe splendide de ses cuisses. Frans est saisi d'un trouble et d'une faim qu'il ne peut pas réprimer. Il veut la voir nue. Il veut l'entendre balbutier.

Il tombe à ses genoux, caresse la peau délicate et fine. Louna gémit. La toison frisée dégage une entêtante odeur boisée qui l'affole aussitôt. Mais il se refuse à l'effrayer et réfrène son désir. Il l'attire à lui. Elle se laisse tomber à ses côtés. Il l'embrasse longuement et savoure son haleine fraîche, se repait de son parfum doucement épicé. « Là ma belle, tout doux » chuchote-t-il à son oreille.

Sa main qui rôde le long de son corps, s'émerveille du satin de sa peau, des pleins et des déliés que ne laissaient pas deviner ses robes amples. Lèvres entrouvertes, Louna le fixe avec calme et inquiétude. Il devine son inexpérience. Avec des gestes lents et mesurés, il plonge dans le velours de sa chair. Louna retient un cri de surprise et de douleur mais bientôt avance ses hanches vers lui pour mieux le recevoir.

Les yeux dans les siens, Frans est transporté par son abandon qui l'émeut à un point qu'il ne peut s'avouer. Son cœur cogne de façon désordonnée, des gouttes de sueur viennent l'aveugler et tombent sur le visage de Louna. Toujours noyé dans son regard, il ralentit jusqu'à ne plus bouger et emplir l'étroit fourreau. Louna l'enserre de ses jambes et de ses bras. Il enfouit son visage dans son cou. Avec un gémissement sourd, il abdique pour accueillir la montée du plaisir.

21 – ROCHER DU DIAMANT

Le *Tonnant* va doubler la pointe sud du rocher du Diamant. L'îlot majestueux étincelle de tous ses feux au soleil. Pierre précieuse au milieu de la baie. Un banc de dauphins fend l'eau cristalline à la proue du navire. Des frégates planent au-dessus d'eux à l'affut de poissons. Par le passé, les Anglais ont tenté plusieurs installations sur le rocher pour contrôler la rade de Fort-de-France et intercepter corsaires et bâtiments français. Les courants sont violents aux abords de l'île. Par prudence, le capitaine donne l'ordre de virer à bâbord, pour se mettre à couvert au large. Soudain venu des parois rocailleuses, un éclair troue le ciel, bientôt suivi de plusieurs autres. C'est une canonnade.

Maxence distingue deux vaisseaux de guerre britannique, invisibles jusque-là, amarrés à un ponton de fortune. Ils sont pris sous le feu ennemi, mais au vu de la distance, jamais les Britanniques n'auront le temps de larguer les amarres de leurs corvettes pour les poursuivre. Les Français font voler leurs chapeaux avec cris de joie, lazzis et force jurons vers les vaisseaux.

L'allégresse est de courte durée. Un boulet de canon emporte le mât principal du brigantin français, fauchant des hommes dans sa course. Le mât vient s'abattre sur le pont dans un craquement lugubre, au milieu des cris de douleur des blessés. La voile s'affale lamentablement dans un fouillis de cordages et de tissu. Les marins, empêtrés dans leurs mouvements, réalisent ce qui vient d'arriver. Un patrouilleur anglais, caché à l'est du rocher du Diamant se lance à leurs trousses, toutes voiles dehors, à belle allure. Les ordres du capitaine claquent comme des coups de feu.

— Hissez voile carrée au deuxième mât ! Coupez les cordages ! Coupez les cordages, bon sang ! Jetez la voile à la mer !

La voile du grand mât pend à tribord, comme une traîne de mariée. Alourdie par l'eau elle ralentit tout le navire. Maxence s'active. Le sang cogne à ses tempes. Ne pas être pris. Rester en vie. Son cerveau enregistre les ordres indépendamment de ses mains qui coupent, tirent, empoignent, tandis que son corps s'arc-boute. Il joint ses efforts à ceux de l'équipage et des gabiers[35].

— Deuxième voile hissée, capitaine !
— Virez à bâbord toute !
— Bâbord toute, capitaine !

Des boulets de canon tirés de la corvette les frôlent dans des fracas d'éclaboussures et de grandes gerbes d'eau.

— Ouvrez les sabords ! Ecouvillonnez ! Armez les canons !

Les artificiers et les servants s'activent autour des huit canons du brigantin. Boutefeux en main pour enflammer la charge des gueules noires, ils sont parés à tirer.

— Ouvrez culasses !
— Canons armés, capitaine !
— Feu !

Après chaque tir, le recul des affuts fait trembler le pont. Les hommes s'écartent vivement. Le jeune mousse n'est pas assez

---

[35] Matelots chargés des mâts et des cordages

rapide, l'affut vient le heurter violemment en pleine poitrine. Il s'effondre.

— Emmenez-le !

Les marins s'empressent et l'adossent à une varangue. Les pièces d'artillerie sont replacées devant les sabords. Maxence risque un regard vers le mousse qui un instant plus tôt, lançait joyeusement son bonnet quand tous narguaient les Anglais. Son thorax est enfoncé, son épaule écrasée et son bras désarticulé présente un angle bizarre avec son corps. Ses yeux clairs prennent déjà la teinte vitreuse, annonciatrice de la mort. Il essaie de parler. Maxence devine plus qu'il n'entend les mots prononcés. *Maman...Maman...* Maxence revoit sa propre mère, Elisabeth, ses yeux dorés, sa tendresse indéfectible. Il revient à lui. Ne pas penser à elle. Pas maintenant. Dans le tumulte de la bataille, il perçoit les ordres du capitaine.

— Rechargez ! Tirez !

Les canons crachent le feu dans un vacarme assourdissant.

— Virez à tribord toute !
— Tribord toute, capitaine !

Allégé de la grand-voile devenue inutile, le brigantin file. Le timonier manœuvre et esquive pour ne pas offrir une prise prévisible aux canonniers britanniques. Malmené, le navire plonge dans les vagues et craque de toutes parts. Maxence s'accroche aux cordages, perd l'équilibre. De grands baquets d'eau salée l'éclaboussent. Les boulets ennemis ratent de peu le navire. Des colonnes d'eau s'élèvent et retombent violemment sur le pont. Maxence suffoque de peur et de rage. Il ne veut pas mourir si près du but.

Un boulet explose à la poupe du navire. Des éclats de grenaille atteignent les hommes. Des corps sont projetés dans les airs avant de s'effondrer brutalement sur le pont dans des hurlements de douleur. Maxence voit avec horreur des marins basculer dans l'eau et sombrer dans les profondeurs bleu foncé. « Hommes à la mer ! » hurle t-il. Mais il sait que c'est inutile. *Un homme à la mer est un homme mort.*

Sur le pont, ce ne sont que plaies béantes et sanglantes. La fumée de l'explosion est suffocante. Le feu gagne l'arrière du bâtiment. Le pont, devenu glissant, est encombré d'éclats de bois. Dans le tumulte qui s'ensuit, le capitaine vocifère ses ordres. « Avarie à la poupe ! Eteignez le feu ! Eteignez le feu ! ... », « Timonier !... A bâbord toute ! »

Hagards, les marins s'élancent. Maxence se rue sur un baquet, le fixe à une corde, plonge le seau à la mer. Une chaîne humaine se forme. Seau à seau, l'incendie est circonscrit. Le vacarme couvre les cris des blessés. Ils mourront certainement par manque de secours et de soins immédiats.

Le brigantin navigue à vue, balloté par les flots, un trou béant dans la poupe. Un désespoir infini envahit le cœur de Maxence.

Il va mourir là, si près de chez lui, avec les eaux de son île pour sépulture. Il ne reverra pas Gabriel et Elisabeth, qui ne sauront jamais qu'il revenait vers eux. Des larmes de rage se mêlent à l'eau salée ruisselant sur son visage. Il pousse un long cri de révolte. Interrompu par l'explosion de la corvette anglaise.

Le tir vient de l'ilet à Ramiers, au large des Trois-ilets, colonisé par les pigeons sauvages mais défendu par le fortin et sa redoute. La canonnade se poursuit. Elle vient maintenant du nord. Deux navires français, imposants et majestueux, cinglent vers eux, toutes voiles dehors, étendard au vent, canons lançant des éclairs meurtriers. Ils gardent Fort-Royal, la rade stratégique de la colonie.

Sous le feu nourri des batteries de l'artillerie, les Anglais sont contraints de rebrousser chemin. L'avarie est sévère, leur coque traversée de part en part. Les bâtiments de guerre se lancent à leur poursuite. Ce soir, des prisonniers britanniques dormiront dans la citadelle Saint-Louis de Fort-Royal.

Les cris de joie acclament les vaisseaux français. Ils sont sauvés ! Ils vont pouvoir retrouver la terre. Maxence se rend compte que la peur ne l'avait pas quitté depuis le début des combats. Le poids qui oppressait sa poitrine se retire lentement. Sans qu'il puisse les réfréner, les larmes de soulagement jaillissent. Il exulte. Son île. Sa terre. Il reverra Saint-Pierre.

2 2 – A M S T E R D A M

A l'ombre des campêches, désordre de corps nus et adoration. Dessins du feuillage sur un visage de femme. Jambes nerveuses arrimées à la taille d'un homme. Peaux en sueurs. Bras musclés et bandés en appui sur le sol. Reins cambrés, tombé de hanches et pieds menus. Mains impatientes, haleines tièdes, lèvres avides. Regards éperdus, membres mêlés. Refus, tout en voulant se donner. Cris, tout en voulant se taire. Charmes offerts, insupportable tourment. Explosion et libération.

Couchés dans l'herbe, repus après la danse éternelle, Frans et Louna contemplent le ciel. En nage, essoufflé, Frans savoure les dernières fulgurances de plaisir. Le bien-être l'envahit. Sa respiration se fait plus calme. Il va s'endormir. Son profil d'oiseau de proie se détend. Un léger ronflement lui échappe. Louna pouffe. Il ouvre les yeux. Elle se soulève sur un coude et se perd dans le regard transparent. Elle se fond dans le bleu très pâle où les pupilles noires se dilatent de convoitise. Elle l'interroge.

— Raconte-moi,… comment est-ce en Hollande ?

— Que veux-tu savoir ?

Frans caresse la joue duveteuse et glisse sa main sur la taille étroite. La toison brune et odorante l'attire comme un aimant.

> — Tout ! Comment sont les gens ? A quoi ressemble ton pays ?
> — Les gens ?
> — Oui, les gens. Est-ce qu'ils sont différents d'ici ?
> — Les gens sont les mêmes partout. Et il fait très froid en Hollande, ça ne te plairait pas du tout !
> — Si je dois venir avec toi, j'aimerais aussi ton pays. Je dois tout savoir. Comment me comporter, comment m'habiller, tout !
> — Venir avec moi ?

Frans savait qu'un instant comme celui-ci viendrait mais il ne pensait pas Louna si candide. Sa naïveté le désarçonne. C'est une enfant fragile. Elle semblait si forte et aguerrie !

Ses parents veulent le marier à Thialda, une fille des Provinces Unies, sans grand charme hormis sa dot conséquente due aux revenus de son père, banquier d'Amsterdam. Cette union assiéra sa position dans la bourgeoisie néerlandaise. Il soupire. Thialda. A laquelle il ne pense jamais. Qu'il a rencontrée une fois avant qu'il ne prenne la mer pour son dernier voyage. Une visite arrangée par leurs parents respectifs. Ils prendraient assez mal la venue d'une maîtresse noire.

Louna continue son babillage. Pendant qu'elle parle et s'anime, ses seins fermes se soulèvent. Leurs pointes dures viennent effleurer son torse. « Ta maison est aussi grande que celle de Madame et Monsieur ? Et les champs ? Combien as-tu de terres ? Autant qu'ici ? ».

Les parents de Thialda lui avaient fait visiter une demeure cossue de la capitale, où le couple s'installerait une fois marié. Les vitres laissaient passer la pâle lumière qui se reflétait sur les canaux. Thialda pourrait s'assoir souvent à la fenêtre, un ouvrage de couture à la main. « Elle est assez spacieuse, mais en ville. »

Comme ce serait facile de rentrer en Hollande sans un regard en arrière ! Ou de rester profiter de la jeunesse de Louna, sans honte ni remords. Mais ce n'est pas ce qu'il veut. La vivacité de Louna, ses yeux de braise, son port de princesse hantent désormais ses pensées même quand ses affaires le retiennent loin de la Roxelane.

L'esprit de Frans s'embrume. Il attire Louna à lui. La pulpe de ses lèvres donne envie de les mordre. Il la dévore de baisers à lui arracher la peau. Sa barbe naissante irrite les joues et la bouche tendres. Comme au matin du premier jour, comme si elle le connaissait depuis l'aube du monde, elle l'enjambe gravement sans le quitter des yeux et s'empale sur son sexe de nouveau vigoureux. Elle renverse la tête en arrière. Presqu'avec déférence, Frans empoigne la poitrine offerte.

Ses mains descendent le long de la taille et des hanches sveltes. Doigts pétrissant la chair ferme des fesses, visage contre les épaules veloutées, il presse Louna contre lui et se laisse emporter.

23 - RECONSTRUCTION

— Encore toi ! Tu n'es pas le bienvenu, ici. Va-t'en ou je te fais chasser par mes gardes.

A cheval, Enguerrand, s'apprête à visiter ses terres avec son contremaître quand Gabriel se présente à la Roxelane.

— C'est Madame Estelle qui m'a embauché. J'attendrai qu'elle me dise qu'elle ne veut plus de mes services.
— Et insolent avec ça ! Tu n'échapperas pas toujours au châtiment !
— J'ai payé ma dette ... » *et tu as quand même pris ma fille,* veut ajouter Gabriel, mais les mots meurent sur ses lèvres. Il n'aura pas le dernier mot sur les terres d'Enguerrand, son ancien maître et son demi-frère.
— Oh ! Tu es arrivé, Gabriel.

C'est Estelle, prévenue par Louna qui s'avance à la rencontre des deux hommes. Louna la suit de près. Gabriel réprime l'élan qui la pousse vers sa fille. Il constate avec un serrement de cœur qu'elle aussi reste sur la réserve. Elle sait feindre l'indifférence et maîtrise les codes invisibles des esclaves, malgré sa liberté. Supporter et dissimuler. Ne pas montrer qui l'on aime. Ne pas désigner l'objet de son attachement ou de son amour à la fureur du maître. Sa fille, la chair de sa chair, qu'il n'a pas le droit d'embrasser ici. Enguerrand, d'un regard, intime à Louna l'ordre de se retirer. La jeune femme recule dans la maison. Estelle, qui n'a rien perdu de l'échange muet, descend les marches et entraine le menuisier.

— Viens voir, le travail est considérable !

Ils passent devant les cuisines, à l'extérieur de la grand' case. Ecumoires à la main, les esclaves s'affairent autour de fait-tout fumants. Une femme fixe Gabriel avec insistance. C'est Angèle. La complice de José, le pêcheur. Celle qui lui a pris Louna quand elle n'était qu'un nourrisson et l'a donné à Enguerrand. Celle par qui le malheur est arrivé. Il ne reste plus rien de la femme assez belle qu'elle a été. La jeunesse enfuie a laissé place aux rides d'amertume, aux formes lourdes et à la démarche ralentie. Seule demeure intacte la flamme de la jalousie dans le regard. Son œil vipérin et suspicieux le jauge avec satisfaction. Il s'efforce de l'ignorer et s'exhorte au calme. Il sent la brulure de son regard dans son dos tandis qu'ils contournent les cuisines.

Gabriel suit Estelle mais nul besoin de le guider sur le domaine où il a vécu en servitude, tant d'années auparavant. Ses pas retrouvent les chemins longtemps familiers. Revenir ici en tant qu'homme libre est sa revanche. Son travail sera payé et non pas obtenu sous la contrainte, pour l'enrichissement d'un autre.

Il est surpris par le spectacle de désolation de l'habitation, dévastée par le tremblement de terre. Partout, les esclaves déblaient les gravats. Un bâtiment de la sucrerie parait intact d'un côté mais de l'autre, des pierres s'amoncellent au pied d'une ouverture béante.

Au milieu de parcelles de canne, aux flèches blanches ondoyantes sous les alizés, des fractures et des lignes de faille ont retourné la terre, qui obscène se montre nue. La rue case' nègres n'est plus qu'un amas de matériaux disparates. Ici et là, une jarre en terre cuite, une calebasse, un tabouret de bois émergent intacts. Le tremblement de terre a détruit le peu que les esclaves avaient le droit de posséder. Gabriel frissonne en songeant que ce sort aurait pu être le sien. La maison qu'ils occupent Elisabeth et lui, a été épargnée Dieu seul sait comment.

Il prend mentalement note des dégâts et de tous les matériaux dont il aura besoin. Estelle interrompt ses pensées. « Qu'en penses-tu ? » interroge -t-elle, en se tournant vers lui.

— Madame Estelle, vu la surface de la grand' case et des bâtiments, toute ma réserve de planches sera nécessaire. Et il faudra en commander d'autres. Il y a des semaines de travail.

— Ne te tracasse pas pour cela. Je dirai aux *ti'bandes* de t'aider. Tu pourras leur demander de couper tout le bois qu'il faudra.

— Bien Madame.

Gabriel s'apprête à prendre congé. « Attends un moment », souffle Estelle en posant la main sur son bras. Puis, plus fort « Louna ! ».

Comme si elle n'attendait que ce signal, Louna les rejoint à pas pressés. Elle se jette dans les bras de son père. Gabriel étreint sa fille. Il hume le parfum de ses cheveux, soigneusement enroulés sous la coiffe à une pointe. Il se repaît de son sourire éclatant de santé et de l'énergie qui émane d'elle. Oui, Estelle a pris bien soin de Louna.

La joie l'envahit, suivie aussitôt d'une tristesse résignée. Qui protègera son enfant des dangers de la vie ? Qui la consolera de ses chagrins ? Qui l'aimera assez pour ne pas la faire souffrir ? Les larmes lui viennent aux yeux. Il inspire et se reprend avant de se détacher de sa fille.

A côté d'eux, Estelle patiente encore, heureuse pour eux de ce moment arraché à leur vie tourmentée.

— Tu peux rentrer Louna, dit-elle doucement.

24 – BELLES NOCES

Un murmure d'admiration parcourt les rangs de l'assemblée. Farrell, en habit de cérémonie, veste longue, bottes cirées, écharpe blanche nouée autour du cou, mène Clarissa à l'autel. Margaret, toute de soie gris tourterelle au premier rang, se lève, les mains pressées contre sa poitrine. Dans le grand salon aménagé pour l'occasion, le prêtre et le futur époux attendent près de l'autel pour le sacrement du mariage.

Auparavant, le *mayor* s'était lui aussi déplacé pour le mariage civil, célébré avant l'arrivée complète des invités. *Nous sommes transportés en la demeure sise en ce district à l'habitation O' Leary, où par devant nous, les portes et fenêtres étant ouvertes au public, le sieur Connor Keegan James Shannon, âgé de vingt-trois ans et la dite Demoiselle Clarissa Rosalind Mary O' Leary, âgée de dix-neuf ans, en présence de leurs parents respectifs Farrell et Margaret O' Leary lesquels nous ont requis de procéder à la célébration du mariage projeté entre eux et dont les publications ont été faites devant la porte d'entrée de notre Eglise les dimanche dix-neuf et vingt-six janvier dernier à l'heure de midi.*

Aucune opposition au dit mariage ne nous ayant été signifiée, ayant interpellé les futurs époux ainsi que leurs père et mère d'avoir à déclarer qu'il a été fait un contrat de mariage, nous vous déclarons unis par les liens du mariage.

Un peu plus tôt dans la matinée, Margaret avait essuyé les larmes de Clarissa en lui passant un linge à l'eau de rose sur le visage.

— Mon enfant, raisonnez-vous… Cessez ces pleurs, allons, allons ! Vous aurez les yeux rougis, les invités se poseront des questions et votre futur époux s'inquiètera !
— Mais que m'importe ! répondait Clarissa. Vous m'avez vendue ! Je ne vous le pardonnerai jamais !

Choquée, Margaret prend sa fille dans ses bras : « Vous ne pensez pas ce que vous dites. Votre père a agi au mieux pour vous. Connor est un bon parti. Il vous rendra heureuse. »

— Mais je ne le connais pas ! Je ne l'aime pas ! s'exclame Clarissa avec désarroi.
— Vous le connaissez voyons, il vous a fait sa cour durant des mois et vous apprendrez à le connaître pendant votre vie commune.
— C'est vous qui l'avez choisi, pas moi, suffoque Clarissa en pleurant de plus belle.

— C'est notre lot en tant que femmes, nous ne choisissons pas celui qui partagera notre vie, mais nous pouvons passer des jours agréables, travailler à bâtir une famille, consolider des biens, s'épauler mutuellement. Je n'ai pas choisi votre père et pourtant l'amour est venu et nous avons eu le bonheur de vous accueillir…

— Je n'aimerai jamais Connor !

En soupirant, Margaret continue de lui laver le visage.

*

Avançant au bras de son père, Clarissa est d'une douloureuse beauté. La robe, spectaculaire, a été confectionnée par la couturière des Doyle, une puissante famille de la Barbade, suivant un modèle en vogue venu tout droit de Londres. Ce ne sont que dentelles et soies blanches sur un buste menu et s'évasant en cascades à partir de la taille fine. Torsades compliquées dans la chevelure dorée. Peau diaphane dans un nuage de tissu laiteux. Immenses yeux verts dévorant un visage anxieux.

Après la cérémonie religieuse durant laquelle la nouvelle épousée a cru défaillir vingt fois, la centaine d'invités se presse auprès de Farrell et Margaret. Compliments, félicitations chaleureuses, vœux de bonheur fusent de toutes parts. « Quelle jolie mariée Madame ! Je vous félicite ! », « Quel beau brin de fille, Farell ! ». A l'époux, béat d'admiration « Connor, vous vous êtes fait des ennemis aujourd'hui ! Tous les hommes à marier auraient voulu être à votre place !».

25 – FLUTES HOLLANDAISES

Les douves de chêne sont livrées à la colonie sous l'égide d'Enguerrand, à la barbe du Gouverneur. Enguerrand a discuté avec fermeté le prix proposé par le Hollandais. Celui-ci en escomptait dix mille pour cinq cents. Enguerrand n'a accepté le risque d'amende de l'Exclusif, seulement si le prix en était plus avantageux, soit sept mille livres pour cinq cents. Coup de grâce pour Frans, Enguerrand a exigé de prendre une commission de cinq pour cent, soit trois cent cinquante livres à chaque nouvelle commande. Une vingtaine de colons dans le Nord et la famille d'Estelle dans le sud de l'ile ont profité du moindre coût proposé par le Hollandais. Ce qui a porté les bénéfices d'Enguerrand à dix mille cinq cents livres. Somme qui lui assure un matelas confortable pour rebâtir la Roxelane et doter Charlotte.

Frans revient à l'habitation juste avant l'hivernage, la saison des cyclones et des ouragans. Les bateaux doivent se mettre à l'abri dans la rade de Fort-Royal, sous peine d'amende. Le Hollandais craint pour ses prochaines cargaisons. Les vaisseaux marchands seront soit de l'autre côté de l'Atlantique en Europe, soit au bassin de Radoub à Fort-Royal. Plus aucun n'aura l'autorisation de prendre la mer avant la fin de la saison. Frans voit ses profits se réduire.

— Comment vont vos affaires ? demande Enguerrand de but en blanc quand il le reçoit dans le salon d'acajou.
— Pas trop mal. La saison va ralentir, mais c'est la loi du commerce.
— Tant mieux parce que j'ai une nouvelle demande pour vous.

Frans cille imperceptiblement. Il ne sait pas comment il pourvoira à cette commande. Il réfléchit à toute vitesse. Enguerrand reprend :

— Un cousin de mon épouse est intéressé. Il aurait besoin de six cents à sept cents douves. Le rhum que je lui ai servi et qui a vieilli dans les tonneaux de bois de chêne, lui a paru plus rond et plus parfumé que d'habitude. Il m'a questionné sur mes secrets de fabrication et je me suis fait un plaisir de lui répondre.

— La période n'est pas propice au commerce, vous le savez. Les bateaux vont être immobilisés bientôt.

— Ils ne le sont pas encore. Auriez-vous une difficulté, Monsieur de Witt ? avance Enguerrand d'un ton narquois. Je serais désagréablement surpris après que vous ayez profité des largesses de ma maison.

Le Hollandais accuse le coup. L'hospitalité d'Enguerrand lui a paru naturelle durant leurs affaires. Celui-ci a-t-il eu vent de sa relation avec Louna ? Cela pourrait-il lui déplaire ? Il ne voit pas en quoi. La jeune femme ne jouit pas de la même considération de la part du maître de maison que celle que lui accorde Estelle.

— Ne soyez pas inquiet Monsieur de Bourdeuil, j'honorerai la commande.

— J'en suis persuadé, dit Enguerrand en levant son verre vers le marchand.

— Il reste un détail. Minime.

— Oui ?

— Pouvez-vous signer le billet à ordre ?

— Plait-il ?!

— Je sais que je ne vous ai pas habitué à cela, mais cette fois, les frais seront plus importants et je dois trouver un bateau. Les capitaines refuseront de prendre la mer. Je risque une amende très importante. Je souhaiterais avoir une garantie.

— Je pensais vos affaires assez florissantes pour ne pas me laisser avancer les sommes, sans que j'aie vu la marchandise.

— Elle vous sera livrée, soyez-en assuré mais je dois déroger à notre façon de procéder.

Agacé, Enguerrand lève la main et se dirige vers l'écritoire dans un coin du salon.

— Bien, quel est le prix ?

— Cela fera neuf mille huit cents livres pour les sept cents douves.

Enguerrand inscrit la somme sur un feuillet après avoir trempé la plume dans l'encrier. Il souffle sur le papier, le temps que l'encre sèche. Il y appose un cachet de cire qu'il marque de son sceau et remet le billet au marchand. « Voici ! » Il se lève et fixe Frans sans un mot de plus. « Mes respects, Monsieur de Bourdeuil. » dit Frans en reculant vers la porte.

*

Le Hollandais rentre à Saint-Martin sans avoir revu Louna. Il est redescendu à Saint-Pierre après la froideur d'Enguerrand et n'a pas sollicité le gîte pour la nuit. Dans l'auberge du port, il s'est tourné et retourné sur le matelas inconfortable. Les draps n'avaient pas la fraicheur de ceux de la Roxelane et leur odeur de moisi l'incommodait. Au petit matin, il a embarqué sur le premier bâtiment en partance pour l'île franco-hollandaise.[36]

La solution s'est imposée à lui. S'il n'y a aucun bateau disponible, il louera une flûte à un confrère de Saint-Martin. Ces navires, de conception hollandaise, sont faits pour la charge. Ils sont utilisés au commerce pour leur grande capacité de transport. Mais du fait de leur faible vitesse et de leur cargaison, ils sont la proie idéale des pirates. Il hausse les épaules. Avec les navires de guerre croisant continuellement dans les eaux antillaises, il ne devrait pas y avoir de danger. En cas de contrôle par les bateaux français, sa cargaison n'éveillera pas les soupçons s'il remplit correctement les registres de bord.

Arrivé à Philipsburg, le port de la partie hollandaise de Saint-Martin, il réfléchit aux armateurs qu'il pourrait solliciter. Le monde du commerce ultramarin obéit à des règles d'entraide, auxquelles nul ne déroge. Les Provinces-Unies se serrent les coudes pour résister aux assauts des Britanniques qui veulent reprendre l'île. Dans le même temps, louvoyer pour ne pas heurter leurs alliés français avec lesquels l'entente est récente.

Frans se rend dans ses propres entrepôts sur le port. Les tonneaux vides voisinent avec des barriques pas plus remplies. Les planteurs attendront la fin de la période cyclonique pour lui confier les cargaisons. Les capitaines sont descendus à terre,

---

[36] En 1734, l'île bénéficie du traité franco-hollandais de neutralité.

oisifs et détendus, leurs bateaux abrités dans la rade ou ont repris la mer depuis plusieurs semaines pour rejoindre les armateurs des Pays-Bas. Où trouver un bateau ?

Il sollicite une entrevue avec August de Maeyer, l'un des armateurs les plus en vue de l'île. C'est un huguenot, comme tant d'autres. Sa famille est ouvertement catholique mais on sait que dans le secret des maisons, la pratique clandestine continue. A Saint-Martin, la tolérance est plus grande pour les protestants. De Maeyer réside souvent à Amsterdam, mais par bonheur ses affaires ont nécessité un séjour à Saint-Martin.

August de Maeyer accueille le marchand au profil d'aigle avec cordialité et se lève à son approche. Il s'enquiert du motif de sa visite et après en avoir écouté les détails avec attention, ouvre une boite de cigares. Il la tend à Frans qui refuse. L'armateur en choisit un, découpe soigneusement l'extrémité et l'humidifie de la bouche. Les yeux plissés, il l'allume, inspire une bouffée et exhale la fumée avec délectation.

« Un pur bonheur ce pétun[37] cubain ! …. Si nous devons traiter ensemble, je prendrais dix pour cent ». Frans fait un rapide calcul. Neuf cent quatre-vingt- dix livres passent de sa poche à celle de de Maeyer. « Sans compter bien sûr, le prix de l'équipage et l'armement du bateau » continue de Maeyer avec un sourire désarmant. « Et l'assurance pour couvrir le prix du bateau en cas

---

[37] Ancien nom du tabac

d'avarie ou de saisie ». « Qui se monte à ? » interroge de Witt. « La flûte n'est pas le plus onéreux des navires. Celle que je vous propose, la *Rebecca,* vaut dans les cent mille livres. C'est raisonnable », complète de Maeyer.

Frans est atterré, même s'il connaît les règles de la marine marchande. Il pense à la commission de quatre cent quatre-vingt-dix livres que prendra Enguerrand, sur les neuf mille huit cents livres du prix à débourser par le cousin d'Estelle. Ses bénéfices s'amenuisent. Il lui restera huit mille trois cent trente livres, pour payer l'expédition, tout l'équipage et rentrer malgré tout dans ses frais.

Frans n'est pas en position de discuter. Il hoche la tête. « C'est entendu.
— Bien ! Si nous sommes d'accord, ne perdons pas de temps. La flûte est à Saint-Eustache où je possède quelques bateaux. Je vais faire prévenir le capitaine pour qu'il l'amène ici, à Saint-Martin. »

Saint-Eustache est une minuscule colonie néerlandaise servant de relais sur la route commerciale des Amériques. Les entrepôts fournissent des cargaisons pour les bâtiments mouillant dans le port d'Oranjestad. C'est un moyen de contrer l'Exclusif. Français et Espagnols bravent les interdictions et amènent sucre et rhum à Saint-Eustache pour leur réexpédition vers les colonies anglaises.

De Maeyer tient parole. Quelques jours plus tard, la *Rebecca* est amarrée à Philipsburg où Frans peut surveiller le chargement de ses douves. Dans la cale, les portefaix empilent soigneusement les belles planches épaisses aux veinures apparentes. Le surplus sera stocké sur le pont. Elles ne doivent pas glisser durant la traversée, ni présenter de danger lors des innombrables allées et venues de l'équipage. Les marins les lient solidement avec des cordages.

Le bateau prend la mer. Frans est soulagé. Dans deux jours au plus tard, les côtes du nord de la Martinique seront en vue.

26 – ANSE COULEUVRE

En fin d'après-midi, les rayons du soleil sont moins ardents et la chaleur sur l'eau est agréable. Debout sur la yole, un pied sur le plat-bord, Gabriel et Eusèbe remontent les *casiers*, nasses tressées de bambous, où les poissons sont emprisonnés. La pêche améliore l'ordinaire et les détend après le travail. Le repère de la dernière nasse n'est pas loin de l'ilet *la Perle*. Ils rentreront avant le crépuscule, heure où la visibilité sera quasi nulle. Le danger est de dériver vers les récifs des falaises. Leur fragile embarcation ne résistera pas aux courants du canal de la Dominique.

— Gabriel ! Regarde !
— Quoi, *han* ?

Gabriel se tait. Il vient de voir. Derrière l'ilot, au milieu de débris de bois, des corps flottent sur le ventre, bras en croix, visage dans l'eau. Les deux hommes souquent fermement, sens en alerte. Ils arrivent sur le lieu du naufrage. Eusèbe soulève chaque corps mais la vie les a quittés depuis longtemps. Ils entendent un fragile appel à l'aide. Au loin, un homme lève la main. A bout de forces. Forme pâle émergeant par moments, au gré des vagues. Ils rament plus vite. A mesure qu'ils approchent, ils distinguent mieux. Une chevelure ondoyante semblable aux algues, une chemise gonflée par l'eau, des yeux transparents. Qui se ferment quand ils arrivent. Epuisé, l'homme coule à pic.

Gabriel pose les rames dans les dames de nage et plonge. Il glisse vers les profondeurs sans rien voir. En apnée, il tourne de tous les côtés. Il aperçoit la tâche claire de la chemise qui continue de s'enfoncer, aussi fluide qu'une méduse. Il fonce et saisit le tissu. Les poumons en feu, il remonte à la surface, tractant ce poids mort. Eusèbe, qui scrutait l'eau, hisse l'homme dans la barque et tend la main à son ami pour l'aider à remonter. Essoufflé, Gabriel s'effondre au fond de la yole.

Vite. Revenir au rivage. Descendre le corps sur la plage. Le secouer pour qu'il reprenne conscience. Après un long moment de silence tendu, l'inconnu tousse, crache et hoquète. Gabriel est soulagé. Le naufragé reprend enfin une respiration normale et s'assied, grelottant et flageolant.

« Venez, ne restons pas là. » Gabriel le hisse lentement. L'homme avance péniblement, soutenu sous les aisselles par les deux amis.

« Ils… ils vont revenir nous attaquer.

— Qui ça ? Les flibustiers ?

— Non, … ce n'étaient pas des flibustiers.

— Des Anglais, alors ?

— C'étaient des Français… des soldats français…

— Vous vous trompez. Pourquoi des Français en auraient après vous ? Ils patrouillent dans la rade pour protéger les marchands.

— Le bois…

— Qu'est-ce que vous dites ?

— Le bois, ils ont pris le bois... Ils nous ont arraisonnés. Au début, nous avons cru que c'était un simple contrôle. Mais ils nous menaçaient de leurs mousquets et leurs épées. Ils ne plaisantaient pas. Notre capitaine a donné l'ordre de prendre les armes quand il a compris que c'était un pillage. Il a été transpercé d'un coup d'épée…

— Pauvre diable !

— Les marins ont riposté, mais le combat était inégal. Nous n'étions pas assez armés... Ils n'ont pas fait de prisonniers. Ils nous ont jetés à la mer. Ils ont volé le navire. Où… où sont les autres ?

— Nous n'avons pas vu de survivant, à part vous. »

Frans baisse la tête, accablé. L'équipage a été tué. Les douves sont perdues. Enguerrand l'a déjà payé. Il voudra être remboursé. Frans a une dette de plus de vingt mille livres. Sans compter les pertes humaines. Mais à combien évaluer le prix d'une vie ?

— Allons, venez.

Les trois hommes s'éloignent de la plage à petits pas.

*

Frans ne sait plus à qui se fier à Saint-Pierre. Il a accepté l'hospitalité de Gabriel. Eusèbe est resté monter la garde. Durant la nuit, le marchand a raconté l'histoire aux deux hommes. Le déchargement habituel des navires à l'anse Couleuvre. Les douves livrées au colon qui les a commandées. Les chaloupes mises à la mer pour rencontrer l'acheteur. Le chargement du bois sur les charrettes. La remontée à l'habitation. Le bateau enregistré plus tard comme venant du port de Pointe-à-Pitre, sans cargaison. Les profits réguliers.

Et cette fois, le traquenard. Il tourne et retourne les mêmes questions dans sa tête. Ce n'était pas un hasard. Le bateau était attendu. Quel intérêt Enguerrand pouvait-il trouver à cette perte ? Si ce n'était pas lui, qui d'autre ?

Elisabeth s'affaire auprès du naufragé. « Tenez, buvez, cela va vous réchauffer les os », dit-elle en lui tendant un bol de soupe fumant. Frans la remercie mais peine à garder les yeux ouverts.

La lavandière rejoint Gabriel dans la cuisine.

— Gaby ! chuchote-t-elle pour ne pas être entendue de Frans. Tu ne sais pas dans quelle affaire tu vas encore te fourrer ? Tu connais ce blanc ?
— Ma douce, je n'aurais pas pu le laisser se noyer !
— Bien sur que non, mon Gaby mais j'ai peur pour toi. Ta témérité te jouera des tours.
— Tu voulais qu'il reste dehors ?

— Nous aurions pu le déposer à la porte du couvent des Jésuites. Ils l'auraient soigné aussi bien. J'ai bien entendu ce qu'il a raconté. Ce n'est pas un naufragé ordinaire.

— Son bateau a été volé…

— Ce sont des histoires de Blancs. Il vaut mieux ne pas s'en mêler. S'il est recherché, nous aurons des ennuis.

— Lisa ma douce, si je suis ici aujourd'hui, c'est parce qu'un Blanc m'a aidé autrefois et m'a libéré.

— Xavier devait t'affranchir, tu lui as sauvé la vie. C'est la récompense que même le code Noir reconnaît.

— Il m'avait secouru avant. J'aurais été pendu s'il ne m'avait pas pris sur son bateau et s'il ne m'avait pas emmené en France.

— Tu t'es battu comme lui là-bas. Et tu aurais pu mourir dix fois !

— Lisa, nous devons l'aider.

— Je sais bien que tu n'en feras qu'à ta tête mon Gaby, soupire-t-elle.

Elle le couve d'un regard inquiet sachant qu'elle ne pourra pas le dissuader. Les souvenirs de sa longue absence durant les années de guerre en France, où elle était sans nouvelles de lui, ont laissé des cicatrices profondes. Mais le lien qui l'unit à Gabriel est indéfectible. Elle le soutiendra encore.

27 – MYOSOTIS

Une tenue de la *Parfaite union et de la tendre fraternité écossaise réunies* est organisée dans le Temple. Gabriel et Eusèbe, frères servants veulent solliciter l'un des Maîtres, François Delpierre qui a le privilège de siéger au Conseil. Au nom de la fraternité maçonnique. Eusèbe interroge encore son ami « Tu es sûr, Gabriel ? Une fois que nous lui aurons parlé, nous ne pourrons plus revenir en arrière. Nous pouvons être arrêtés. » Gabriel soupire et répond d'une voix résolue. « Oui, nous avons besoin d'aide. Parler de Frans aura des conséquences inévitables. Mais que faire de lui ? »

Le regard de Gabriel est attiré par les symboles de la loge. Le myosotis est son préféré. Il ne connaissait pas cette fleur qui ne pousse pas sous ces latitudes, avant qu'Eusèbe ne lui en explique toute la symbolique.

Une légende racontait qu'un enfant mordu par un serpent, mourait dans les bras de sa mère en tenant un myosotis et lui demandait de ne jamais l'oublier. C'était la fleur du souvenir, la fleur des enfants disparus qui tenaient à ce qu'on se souvienne d'eux. Seigneur ! Comment pourrait-il oublier les deux bonheurs que lui avait donnés Elisabeth ? Maxence, dont personne n'a de nouvelles depuis des mois ? Et Eléonor, sa Louna, si proche mais inaccessible ?

Il se rappelle les berceuses qu'il lui chantonnait quand elle n'était qu'un nourrisson. Il revoit les jours où Maxence encore enfant, le suivait au port et le regardait travailler, posant des questions à tout propos. Ils formaient une famille alors et rien ne laissait soupçonner qu'ils subiraient ces séparations déchirantes. Il ne se résolvait pas à croire que dans une vie d'homme, d'immenses malheurs s'abattaient aussi naturellement que la pluie et qu'il fallait l'accepter. C'était ce que pensaient les esclaves qu'il côtoyait sur l'habitation *Roxelane*, du temps de sa servitude.

Mais les Blancs, eux, ne paraissaient pas rencontrer de souffrances et leur vie s'écoulait aussi tranquillement que les rivières qui allaient à la mer, à peine troublées par les inondations passagères.

Aujourd'hui, Gabriel doit organiser les agapes. Il dresse la longue table, recouverte d'une nappe blanche pour l'occasion. A l'issue de la tenue, les Compagnons viendront festoyer. Gabriel est fier du rôle qui lui est dévolu. Pour lui ce sera un privilège de réjouir palais et papilles du Vénérable, des Maîtres et Compagnons.

Les victuailles sont cuisinées à tour de rôle par les épouses des frères servants. Elles renouvèlent le menu à chaque tenue. Cette fois, accras d'écrevisses, salaisons effilochées et citronnées, poissons frits aux oignons marinés, *pâté en pot*, -soupe de légumes, d'abats finement hachés, de câpres et de vin blanc-, gombos crémeux, riz et haricots rouges, gâteaux au coco et à la cannelle, entremets à la goyave sont disposés de façon alléchante dans les plats en fer-blanc. Pichets d'eau claire, pintes de *mabi*[38] et carafes de vin attendent au pied de montagnes de verre. Les bouteilles de rhum vieux lancent des éclairs ambrés à travers la table.

Elisabeth, quant à elle, avait longuement réfléchi avant de cuisiner une fricassée de coq. La volaille avait été engraissée en vue de la Pâques prochaine, mais Elisabeth s'était résolue à la sacrifier pour faire honneur à Gabriel. La viande avait mariné toute la nuit dans le citron et les épices. Elle s'était levée *au-devant-jour* pour la saisir avant de la faire doucement mijoter au feu de bois. Elle avait veillé à ce que le combustible ne manque pas ou que la chair ne se dessèche. En fin de cuisson, elle avait ajouté un énorme piment sur la fricassée, avant d'envelopper et d'attacher la marmite bien serrée avec des torchons. « Gaby, fais

---

[38] Boisson fermentée à base d'écorce d'oranges, d'anis étoilé et de cannelle

attention ! N'écrase pas le piment pour ne pas gâcher la sauce. »
Maintenant, dans la salle des libations, quand Gabriel déplace le
faitout, de prometteurs effluves pimentés embaument la pièce.

Plus d'une heure après l'arrivée des frères servants, les
compagnons de la loge se présentent. *Laissez vos métaux à la porte
du Temple.* Suivant l'injonction du Vénérable, les Compagnons se
débarrassent de leurs épées. Le cliquetis métallique fait suite au
brouhaha feutré audible derrière le rideau masquant l'entrée de
la pièce. Lors de sa préparation, Eusèbe avait expliqué à Gabriel
la double signification de la formule. Par extension, les francs-
maçons doivent laisser leur argent avant de participer à une
tenue, ainsi que *le vil métal de leur existence, leurs préjugés et leur
orgueil.* Le Vénérable appelle l'assemblée.

Mes frères,
Voici le premier jour, la première heure, le premier instant où
s'ouvre la Loge
Il est temps de nous mettre à l'ouvrage !
Après l'appel, selon l'ordre du jour, les frères débattent du
bien-fondé de la reconnaissance de leur loge par la métropole. Ils
s'accordent sur la correspondance qui sera adressée au Grand
Chapitre Général de France, à l'Orient de Paris et sur
l'acceptation des statuts et règlements. *Animés du désir de
travailler pour la plus grande gloire de la Maçonnerie, nous vous prions
fraternellement de nous réunir à vous.*

Gabriel attend la fin de la cérémonie et rejoint Eusèbe pour le service. Le temps des agapes et libations lui paraît interminable. Les Maçons apprécient les mets et se resservent. Les discussions vont bon train. Les claquements de langue ponctuent les rasades de rhum. Au dessert, Gabriel est au supplice. Les convives allument cigare sur cigare et la fumée embrume la pièce. Soudain, une conversation attire son attention. Il y est question de la *Rébecca*, le navire hollandais qui transportait Frans et l'équipage perdu.

— Marchandises saisies, …
— Mais pas perdues pour tout le monde…
— Ce ne sont pas des corsaires de la Compagnie…
— Peut-être y aura-t-il une vente aux enchères ?
— Hum ! Ou disparition pure et simple, au profit de la colonie nous dira t-on… quand nous savons que cela ne profitera qu'au Gouverneur…ou à son conseiller, vous m'avez compris…
— Pas de prisonniers, pas de quartier, les marins auraient pu être employés très utilement ailleurs...
— Bah ! C'est la loi de la mer…
— J'ai entendu dire que le trafic durait depuis des mois…
— Impensable, n'est-ce pas ?
— Mais compréhensible, l'un de nous s'est montré plus hardi et audacieux.

— L'Exclusif[39] doit cesser, le prix des marchandises importées devient exorbitant…

— Sans compter les droits de sortie de trois pour cent et de huit sols par livres sur nos sucres et tafias, destinés aux Fermiers généraux… qui s'enrichissent sur notre dos…

— Prenez garde à ce que vous dites…. Même si je suis de votre avis…

— Nous pourrions nous fournir à bien moindre coût si nous fabriquions tout nous-mêmes ou commercer avec des puissances étrangères, ne serait-ce les interdictions continuelles de Sa Majesté.

— Vous parlez d'or … mais vous pourriez être accusé de trahison…

— Personne n'irait nous dénoncer. Ici, ne doit-on pas être *le gardien de son frère* ?

— Certes, dans le Temple, comme dans la Bible, tous les hommes sont frères…

— Quand ce ne sont pas billevesées pour certains, plus enclins à la discorde…

— Allons, allons ! Nous aimer et nous aider est notre métier, ….

— Et nous avons à considérer l'humanité comme une et indivisible...

— Dites-vous …

Gabriel guette les derniers apartés de François Delpierre et se précipite vers la porte quand les Maçons se lèvent. Il en oublie de récupérer le faitout d'Elisabeth. Après un dernier salut à la ronde, Delpierre se dirige vers la sortie et remet son épée au côté. Habitant caféier du Morne Rouge, il est plus accessible que les autres Compagnons. En ménage notoire avec Flore, une jolie mulâtresse qui lui a donné de beaux enfants, il est connu pour être libéral.

Eusèbe et Gabriel s'approchent de lui et lui exposent leur situation. Delpierre, finissant de boucler son ceinturon, les prend de haut et les toise ostensiblement. « Un maréchal-ferrant, un menuisier… Vous pourriez être pendus pour avoir donné l'asile à un étranger, certainement recherché. Je ne vois pas bien en quoi je pourrai vous aider dans cette entreprise. ». « C'est un Blanc qui doit regagner sa patrie » … commence Eusèbe, « Vous êtes un Frère comme nous… » continue Gabriel. « La fraternité s'arrête ici, voyez-vous, nous sommes à la porte du Temple » les interrompt Delpierre avant de s'enfoncer dans la nuit.

28 – CONSEIL

Il n'est point de pays dans l'univers où il existe plus de Lois que dans les colonies. Le Roi en différents temps a cru devoir y envoyer des Edits, des Déclarations tels que leur situation semblait l'exiger ; les Ministres y ont fait connaître les intentions du Souverain par des lettres qui ont force de Lois ; chaque Administrateur a établi les siennes, a souvent détruit celles de ceux qui l'avaient précédé ; les Conseils Souverains y ont à leur tour prononcé sur des objets de leur compétence. Cette foule de Lois forme un chaos, duquel il n'est guère possible de se tirer, lorsqu'on veut en approfondir l'immensité.

Annales du Conseil souverain de la Martinique, P. Dessales, Conseiller à Fort Royal

Chaque semaine, de dix heures à midi selon la volonté du Roi et pour éviter les grosses chaleurs, le Gouverneur Louis de Brach, réunissait la fine fleur de la colonie pour le Conseil dans sa résidence, au quartier du Fort. Là étaient évoqués tous les sujets administratifs, économiques, militaires et les questions sensibles du moment.

Aujourd'hui, la reconstruction de la ville est à l'ordre du jour. Les chefs de quartier, qui dirigent aussi la milice, rendront compte de l'état d'avancement des travaux après le séisme qui a endommagé la ville et ses environs.

Le Gouverneur, auparavant capitaine de frégate, vérifie la présence de tous et dresse mentalement la liste de ses fidèles, *officiers d'épée* comme lui. Son regard parcourt l'assemblée tandis qu'il lisse ses moustaches. Les planteurs se sont mis en frais. Leurs tenues chamarrées tranchent avec les uniformes bleus et blancs des militaires. Ce ne sont que velours et damas, manches bouffantes et chapeaux de feutre ornés de plumes. Les pommeaux étincelants des épées aux fourreaux, battent les bottes parfaitement cirées. Une gageure avec la poussière des chemins.

Installés autour de la table, François Mounel, ancien mousquetaire de la garde ordinaire du Roi, capitaine de cavalerie, François de Thomaseau, écuyer, chevalier de l'ordre, militaire royal de Saint-Louis, échangent à voix feutrée. Louis Debeley, capitaine au régiment des grenadiers royaux de la Compagnie converse avec Charles de la Cerisaie, ancien lieutenant des Dragons. Ces militaires ont fait honneur à la colonie en faisant fructifier les terres offertes. Leur prospérité leur vaut le respect des colons.

Cela n'a pas été le cas de nombre de soldats servant sous leurs ordres. Ceux-ci laissés libres de vaquer dans le port et ses environs, pas assez nourris par l'intendance royale ou avec des farines impropres à la fabrication du pain et payés très en retard - le Gouverneur en convient intérieurement - ont pris l'autorisation de se faire employer par les habitants sucriers. Ils se sont mis en ménage avec des femmes libres de couleur et ne se sont plus présentés à leur poste. Le Gouverneur secoue la tête. Il lui faudrait mettre bon ordre à ces errements malvenus.

Les quartiers de l'île ne sont pas tous représentés. Encore une fois, les sucriers du sud ne se sont pas déplacés. Ils arguent de la longueur éprouvante du trajet par des mauvais chemins ou par la mer, pour venir assister aux réunions du Conseil qui durent au plus trois heures et de leur difficulté à se loger sur place, avant de reprendre la route. Tous n'ont pas une parentèle prête à les accueillir. Pourtant une ordonnance requiert au cabaretier installé près du Fort, de garder une chambre de réserve à l'usage exclusif des conseillers, en échange d'une exemption de la taxe de trois livres de sucre par an. Mais les planteurs ne veulent certainement pas côtoyer les gens du commun. Quant aux habitants[40] de Fort-Royal, ils ont déclaré n'être pas concernés par l'ordre du jour, vu le peu de dommages survenus dans leur quartier et n'ont pas répondu à la convocation du Gouverneur.

Louis de Brach s'est trouvé obligé de convier le Procureur du Roi et le Conseiller du Roi au conseil souverain, deux hommes dont les pouvoirs empiètent régulièrement sur son autorité. Le procureur général avait même monté une cabale contre les Gouverneurs et Intendants des îles. Pour y mettre fin, Louis XV avait ordonné aux officiers du Conseil souverain de reconnaître la qualité de représentants des Gouverneurs. Les officiers s'étaient pliés à la volonté du monarque sous peine d'être dépossédés de leurs biens.

Mais le mécontentement continue de sourdre sous les masques de courtoisie et de paroles mielleuses. Louis de Brach ne peut cacher son agacement en constatant leur manège. Guillaume Littée, le Conseiller du Roi et Etienne d'Anglebermes, le Procureur du Roi, circulent de groupe en groupe, la tête penchée pour mieux recueillir confidences et doléances. Ces *officiers de plume* représentent la noblesse de robe, pas assez fréquente dans les îles, pour Louis XV. Le temps n'est plus où un Gouverneur pouvait déclarer à un officier du Conseil « Je suis maître en mon

---

[40] Propriétaire d'une habitation : unité économique comprenant la maison, l'outil de production, les esclaves et les terres cultivées

Fort et si j'y mets un habitant, je verrai si votre Procureur du Roi viendra l'en tirer. ».

Le Roi marque sa volonté de développer le pouvoir judiciaire aux colonies, de légiférer pour asseoir l'Exclusif et contenir les velléités d'indépendance des planteurs. Louis de Brach en prendra son parti et continuera à louvoyer pour asseoir son autorité et déjouer les pièges que lui tendent les factions rivales.

Les autres propriétaires des hauteurs et du littoral conversent à voix feutrée. Parmi eux, sombre et concentré, Enguerrand de Bourdeuil. Le Gouverneur lève un sourcil intéressé.

Le Conseil commence ses travaux, ses membres prennent place autour de la longue table de réunion. Louis de Brach préside la séance. La salle tombe soudainement dans le silence. Sérieux et déterminé, décidé à assurer un déroulement ordonné des affaires du Conseil -et de la colonie-, le Gouverneur énumère les ordonnances prises. Le tremblement de terre a détruit des maisons d'habitation mais aussi d'importants bâtiments administratifs. Leur reconstruction rapide est prioritaire. Le Conseiller du Roi, Guillaume Littée est impatient d'en découdre avec le Gouverneur.

— Certes, certes, mais quelles mesures avez-vous prises pour réduire les incendies ? Cinq feux au moins se sont déclarés après la catastrophe.

Le Gouverneur se tourne avec hauteur vers l'impertinent.

— Nous avons pris une ordonnance interdisant de couvrir les maisons d'essentes, matériau inflammable par excellence. Des canaux ont été creusés pour que l'eau y ruisselle en permanence et ceux qui préexistaient ont été déblayés des gravats.

Le Conseiller balaie la réponse d'une main en énonçant une nouvelle requête.

— Et pour l'augmentation des prix ? Quels moyens allez-vous employer ? Pour peu qu'ils soient efficaces ? Les propriétaires de maison prétextent le tremblement de terre pour augmenter leur loyer. C'était à prévoir ! Comme si le désarroi des gens à la rue ne suffisait pas ! Les marchands font de même avec leurs marchandises. Et les ouvriers ne se gênent pas pour augmenter le prix de leur journée.

Sans montrer son agacement grandissant, le Gouverneur ne se laisse pas prendre au dépourvu.

— Nous ordonnerons que pendant trois mois, les magasins, marchandises, journées d'ouvriers restent au même prix qu'avant le tremblement de terre, sous peine d'amende et de confiscation des marchandises survendues, afin que le malheur public ne devienne pas plus grand sur les pauvres, par l'avidité des marchands.

Le Conseiller se détourne et le Gouverneur poursuit en énumérant les autres ordonnances nécessaires au maintien de l'ordre. Cette fois, c'est Etienne d'Anglebermes qui interrompt le Gouverneur :

— Je suggère que les cabaretiers ferment leurs maisons après neuf heures du soir. Il leur a toujours été défendu de donner à boire aux esclaves. Mais ces défenses sont mal exécutées. Désormais, ils ne devront donner à coucher à aucun étranger, soldat ou matelot sans en avertir le Commissaire de Police.

— Pourquoi en arriver à cette extrémité ? s'enquiert le Gouverneur. La Police est assez submergée de tâches en ce moment, ne croyez-vous pas ?

— Parce que, cher Monsieur, rétorque le Procureur en insistant sur la dernière syllabe, c'est le réceptacle ordinaire de tous les Marrons qui trouvent dans leurs greniers une retraite à l'abri des poursuites de leur Maître. En ces heures de désordre de nombreux esclaves ont profité de la panique causée par le tremblement de terre pour s'enfuir. Sans compter que tous les vols qui se commettent soit par les esclaves, soit par les marins à bord de leurs navires, sont recelés et cachés par les cabaretiers de l'île. Je préconise que ceux qui contreviendront à cette mesure soient condamnés au fouet, à la marque de la fleur de lys et aux galères.

Un rictus de dépit plisse la bouche du Gouverneur, le Procureur sourit d'un air matois dans le silence pesant. Seul le crissement de la plume du greffier se fait entendre. Les membres du Conseil comprennent le code tacite. L'ordonnance sera adoptée.

Louis de Brach poursuit :

— De nombreux habitants sont endettés depuis le séisme et nous avons reçu des demandes de remise de créances, voire de leur effacement auprès de la colonie.

— Il ne saurait en être question ! reprend Guillaume Littée. Notre Souverain compte sur la bonne gouvernance de l'île et les revenus qu'il est en droit d'attendre. Il serait au contraire de bon aloi de saisir les biens des débiteurs, en particulier leurs esclaves, pour inciter les mauvais payeurs à régler leurs dettes. Les Noirs seront vendus comme effets mobiliers. Cet argent est celui du Roi, il ne pourrait lui être soustrait.

Le Gouverneur prend le temps de lisser sa moustache avant d'expliquer posément au Conseiller :

— Le labourage des terres productrices de sucre, sert aux habitations sucreries qui sont le fonds de commerce de la colonie. La ruine de l'un entrainera forcément la ruine de l'autre. Ce serait détruire les manufactures que de permettre la saisie des esclaves qui y sont attachés, parce que les esclaves sont les laboureurs de nos colonies.

— Si les débiteurs sont favorisés et que les créanciers parviennent difficilement à se faire payer, c'est la porte ouverte à tous les abus…

— Seul l'amour du bien public dicte nos arrêtés, je vous demanderais de n'en point douter.

— Il sera bien certain qu'un propriétaire, du fait qu'on ne puisse jamais saisir les esclaves de son habitation s'embarrassera fort peu d'acquitter ses engagements.

— 	Les propriétaires s'éviteront de crouler sous le poids des intérêts et de doubler le capital dû. La Loi doit venir au secours du créancier, mais ce ne devrait pas être par la saisie des esclaves d'habitation. L'intérêt de la Colonie, commandé par notre Souverain Louis, et par là même celui de tous les colons, s'oppose à la saisie des Noirs, attachés à la culture de la terre.

— 	Force est de le reconnaître, s'incline Guillaume Littée.

Le Conseil se termine. Les planteurs se lèvent et commentent les décisions prises en regagnant la sortie du Fort. Charles de la Cerisaie s'approche du Gouverneur, qui s'éponge le front avec un mouchoir de dentelle sorti de sa manche :

— C'est fait Monsieur.

— La leçon a été comprise ? demande Louis de Brach.

— Je l'espère bien.

— Et les traces ?

— Aucune. Soyez-en assuré.

— Comment pouvait-il penser passer à travers les mailles et continuer son commerce malhonnête ?

— Et pour ce qui est de notre arrangement ?

— Après la vente, dix pour cent pour vous et le reste pour la colonie.

Le Gouverneur a un sourire d'avertissement qui interdit à de la Cerisaie de le contredire et de douter de la destination des profits.

*

Enguerrand suit le flot des conseillers et enfourche sa monture pour regagner la Roxelane. Il traverse le pont des lavandières qui étendent chemises et draps étincelants de blancheur sur les pierres plates de la rive. Dans le port de Saint-Pierre, la *Rebecca* est au mouillage. La foule de planteurs et l'estrade devant le bateau indiquent une annonce imminente. Enguerrand s'approche. Les dents serrées, il assiste au déchargement des douves. Le commissionnaire du port, coiffé d'un chapeau à larges bords qui le protège du soleil, énonce la sentence à haute voix pour couvrir le brouhaha.

— Le navire *Rebecca* a été jugé de bonne prise comme propriété ennemie, puisque du crû de l'île de Saint-Martin ! Le lot de vingt douves est mis aux enchères à dix livres ! Le gain récolté sera propriété royale et mis aux caisses de la colonie, par ordre du Gouverneur !

Enguerrand est atterré. C'est une partie de son bois qui vient d'être bradé et son prix ira enrichir la colonie. Il hausse les épaules. Le Hollandais le remboursera.

Il s'apprête à continuer son chemin quand une silhouette attire son attention. La plume blanche du couvre-chef de la Cerisaie s'agite au pied de l'estrade. Son regard croise celui du Conseiller, triomphant et satisfait.

La pensée imprécise qui flottait aux limites de son esprit prend forme. Ce n'était pas un hasard. Viser les marchandises dont il faisait commerce n'était pas fortuit. Et les agresseurs ont voulu l'atteindre personnellement, lui Enguerrand de Bourdeuil.

29 – ARRIVAGE

Ces commerçants avaient boutique et magasins et étaient marchands en gros de draps, soieries, toile, bijouterie, cordages, bois, fers, quincaillerie et autres objets de commerce.

Ordonnance de MM les Général et Intendant

Les clients ne vont pas tarder à se presser aujourd'hui dans l'épicerie d'Eugénie. Un navire marchand est arrivé la veille au soir et tout le port attend le déchargement des richesses déversées du ventre du bateau. Esclaves, outils agricoles, tissus, farine, haricots, morue salée, toutes denrées précieuses pour la colonie.

Eugénie doit s'approvisionner auprès du grossiste du port pour présenter le meilleur à sa clientèle. Accompagnée de son portefaix, elle grimpe sur la charrette et se faufile dans les rues animées, en évitant les passants. Impatiente d'être parmi les premiers arrivés, elle lance un juron de temps à autre ou agonise les promeneurs déjà nombreux « Place ! Place ! *Mé poussé kow-*

han ! Tonen di so' ! Mais pousse-toi ! Tonnerre de sort ! ». Son échoppe n'a presque plus d'articles de France. Les bénéfices actuels se réalisent avec la vente de ses plats cuisinés mais rien de comparable avec les ventes du nécessaire venu d'ailleurs, introuvable ici. Man' Félicité l'accoucheuse et Man' Toinette la couturière, lui ont commandé du tissu de Damas, voilà déjà six mois. Elles veulent confectionner des grand-robes pendant que cet habit somptuaire est encore autorisé[41]. Si elle ne se dépêche pas, les békés seront servis avant elle.

La charrette arrive rue du Mouillage. Eugénie a de la chance, il y a peu de monde devant l'entrepôt de Monsieur de la Cerisaie mais une grande activité règne déjà. Les pavés viennent d'être lavés à grande eau mais gardent l'odeur de la morue séchée, du rhum et du sucre. Au-dessus du porche, les grappes de jasmin poussées à la diable retombent en un désordre parfumé. Germain, le contremaître, est un de ses anciens galants. Il venait la voir régulièrement avant qu'elle ne se mette en ménage avec Martial Pacifique, un grand gaillard, pas causant mais brave et arrangeant qui supportait ses humeurs et l'aidait dans la tenue de l'épicerie. Elle descend prestement malgré ses formes encombrantes. Le portefaix a tout juste le temps de déplier le marchepied.

----

[41] Dans une hiérarchie des apparences, les ordonnances interdisaient régulièrement aux « nègres et mulâtres » le port de tenues trop riches et voyantes. La loi somptuaire de 1720 stipule que les mulâtres et affranchis ne doivent être vêtus que de « toile blanche, ginga, cotonille, indiennes ou autres étoffes de peu de valeur, avec pareil habits dessus, sans soie, dorure ni dentelle, à moins que ce ne soit à très bas prix. ».

« Holà Germain ! » hèle-t-elle depuis l'entrée. Et à l'adresse des autres clients : « J'ai dit bonjour la compagnie ».

« *Eh bé* ! Eugénie ! Quel bon vent ? Tu veux de moi aujourd'hui ? » plaisante Germain en repoussant son chapeau en arrière et en plantant ses mains dans son ceinturon. Sa chemise présente de larges auréoles de transpiration malgré l'heure matinale.

— *Pa joué épi mwen* ! Ne joue pas avec moi ! minaude Eugénie. « Qu'est-ce tu as reçu ce matin ? » continue-t-elle ? toujours en créole.
— Tout n'est pas déchargé mais l'alimentaire est déjà là, maïs, haricots rouges, salaisons de porc, morue salée… Tu vois. » dit-il d'un geste englobant les employés manœuvrant les sacs en toile de jute et roulant les barriques.
— Et les tissus ?
— Il faudra attendre un peu. Tu as traversé le port ? Le bateau transportait des esclaves. La vente aura lieu tout à l'heure. Le reste de la cargaison viendra plus tard, un autre bateau arrive demain, on m'a dit qu'il a fait relâche à Fort-Royal avant.
— Des esclaves ? Pauvres bougres !

Germain hausse les épaules. « C'est la volonté du Ciel. » Eugénie ne réplique pas et se tourne vers les sacs.

« Sers-moi vite s'il te plaît ! Je prendrai tout comme d'habitude. Ah ! N'oublie pas la *farine France* ! »

— Je mets aussi de la cassonnade blanche, Eugénie ? Monsieur de la Mortaigue en a envoyé ce matin.

— Il n'a pas mis du bon sucre aux deux bouts et du mauvais au milieu ?

— Mais non, Eugénie, voyons ! Plus personne ne fraude, l'amende est trop chère ! Ces messieurs n'ont pas envie de voir toute la marchandise jetée à la mer ou confisquée au profit des hôpitaux. Les sucres doivent être de qualité et portés au *poids du Roi* et les abus sont bien punis.

— *Tchiiip* ! Laisse-moi voir ça, dit l'épicière en s'avançant vers les sacs de sa démarche chaloupée.

— Si tu veux ma douce, dit Germain en s'écartant.

Eugénie saisit une louche pour puiser au milieu d'un des sacs, puis trempe un index dans la poudre cristalline et le porte à sa bouche. Elle fronce le nez, l'air dubitatif.

— Je vérifie s'il n'est pas trop cuit ou si on n'y a pas mêlé de sirop, reprend-elle d'un ton bougon.

— Satisfaite ? » demande Germain en souriant largement. Eugénie le pousse d'un revers de main en gloussant, tandis que le contremaître lorgne sans vergogne sur ses hanches.

— Tu m'en chargeras un sac.

Eugénie continue ses achats tout en surveillant le chargement de la charrette. Elle s'installe sur le siège et se tourne vers Germain.

— Je reviendrai chercher les tissus quand le deuxième bateau arrivera. Ne vends pas tout !

*

30 – RETOUR

Messieurs les capitaines commandants tiendront la main à ce que les gens libres de leur quartier fournissent exactement leurs dénombrements et recensements sous peine d'être poursuivis et condamnés à être vendus au profit du Roi.

Ordonnance du Gouverneur

« *Moricaud !* » Il frémit sous l'insulte, avant de se retourner lentement, certain que la voix méprisante s'adresse à lui.

Les avaries du *Tonnant* étaient réparées au quartier du Carénage à Fort-Royal. Maxence avait suivi les soldats au fort Saint-Louis. Dans les casernements, il retrouvait avec bonheur l'atmosphère de vivacité et d'efficacité caractéristique des préparatifs militaires. Il attendait sa démobilisation pour rejoindre Saint-Pierre au plus vite et revoir les siens mais c'était un milicien et il devait d'abord servir la colonie. S'il partait maintenant, il serait considéré comme déserteur. L'intendant lui avait remis une veste d'uniforme, à boutons dorés.

Maxence peinait à cacher son désarroi. « Va aux cuisines, on te servira un repas chaud ! Tu l'as bien mérité, l'ami ! ».

Alléché par les odeurs de plats mijotant doucement, Maxence s'était attablé. La cantinière lui avait amené un bol de soupe de poissons qu'il avait dégusté en plissant les yeux de délectation. Il n'avait rien mangé d'aussi savoureux depuis des mois. Une chope de *mabi* avait fini de le contenter. Tandis qu'il quittait les cuisines, la chope en fer-blanc encore dans la main, l'insulte avait retenti. Une fois de plus, le mépris. L'obligation de défendre sa qualité d'homme, d'imposer son droit à exister, à respirer le même air que les tourmenteurs. En l'espèce, un soldat assez maigre et le regard mauvais.

— Eh ! Toi là-bas !

Maxence fait face, poings serrés.

— Oui toi ! Que fais-tu ici ?
— J'étais sur *le Tonnant*, je rentre chez moi.
— Montre-moi ton acte !
— Mon acte ?
— Oui, s'impatiente l'autre, ton acte d'affranchissement !
— Je suis libre, je suis milicien…
— Où est ton ordre de mission alors ? Et où est ta compagnie ?
— Nous avons été attaqués sur la Trace, j'ai été fait prisonnier à Barbade, je me suis évadé. J'ai pu embarquer sur *le Tonnant*, maintenant je rentre chez moi.

— On va vérifier tout ça, suis-moi.

Une bouffée de colère explose dans la poitrine de Maxence, lui coupe le souffle et balaie tout besoin de se justifier. Sa valeur ne dépend pas des paroles avilissantes des autres. Lui seul peut décider de son prix. Du prix de son appartenance à la race humaine.

Pesant les conséquences, il se détourne et s'éloigne. L'autre, incrédule et ahuri, laisse passer deux secondes avant de l'attraper par le revers de sa veste.

— Oooh ! Je t'ai dit de me suivre.

Maxence regarde les mains de l'autre sur sa veste, avant de relever les yeux vers le visage du soldat. D'une voix dangereusement calme, il ordonne :

— Enlève tes mains.

Le soldat esquisse un sourire malveillant avant de balancer son poing vers la figure de Maxence qui esquive et lui envoie une droite dans l'estomac. Surpris par la riposte inattendue et sa rapidité, l'autre se plie en deux. Il se relève en respirant difficilement et tente de saisir Maxence par le bras mais celui-ci est trop vif. D'un mouvement fluide, il se recule et assène un coup de pied dans le ventre de l'assaillant. Celui-ci s'écroule en gémissant.

— Que fais-tu ? Arrête !

Un soldat accouru à la rescousse maintient Maxence à grand-peine. L'autre se relève et vengeur se jette sur Maxence.

— Il suffit ! Je l'amène au Commandant. Il le punira s'il le juge bon.

Le regard résolu, Maxence se laisse emmener au cachot. Comme Gabriel avant lui, il éprouve l'expérience douloureuse de ceux qui doivent se battre pour gagner et maintenir leur dignité. Personne ne lui retirera ce privilège. Plutôt mourir. Cette extrémité définitive vaudra toutes les libertés. Son héritage ne se définira pas par les chaînes de l'esclavage et la couleur de sa peau mais par la force de son âme. Il se conforte dans cet état d'esprit durant les longues heures de sa captivité et de la nuit qui suit.

Le capitaine du *Tonnant* répond finalement de Maxence devant le Commandant du Fort-Royal. Pourquoi ces provocations de la part des soldats ? Ne savent-ils pas que les Conseillers peuvent visiter les prisons et s'enquérir des motifs de détention et du traitement fait aux prisonniers ? Ce mulâtre a bien combattu. Il s'est évadé de la Barbade. C'est le seul survivant de la compagnie des miliciens libres de couleur. Ce corps d'armes, décimé par la bataille de la Trace, n'est pas encore reconstitué. Tous les hommes en âge de combattre seront enrôlés. Maxence sera réintégré ailleurs. En attendant, il peut rentrer chez lui. Qu'a-t-on besoin de l'emprisonner alors qu'il est des nôtres ? Ce n'est pas la politique du Gouverneur.

Le détachement de miliciens embarquera sur le prochain bateau en partance pour Saint-Pierre. C'est un navire marchand. A l'embarcadère de Fort-Royal, les passagers se pressent bruyamment sur le quai, mélange éclectique de commerçants, de marins et d'aventuriers. Au milieu du tumulte, de rares silhouettes féminines glissent discrètement, la tête encapuchonnée. Maxence, le vent des alizés dans les cheveux, contemple l'horizon depuis le pont du bateau, libre de tracer son chemin vers un avenir prometteur.

31 – CHANTIER

Estelle n'a pas failli. Elle a fourni à Gabriel tout le bois nécessaire à la reconstruction de l'habitation et des esclaves le secondent dans sa tâche.

Gabriel prend sa corde à nœuds pour mesurer les madriers, promesses de belles planches, une fois équarris. Quand ils sont tous marqués, il s'arc-boute pour donner le premier coup de hache, muscles bandés. Ses mains trouvent d'instinct l'angle le plus favorable pour attaquer le bois, qui révèle ses belles nervures et ses imperfections. Les coups se répercutent jusque dans son échine. Il aime cette sensation, ce pouvoir et ce jeu de force entre la matière et lui. L'odeur de la sève est enivrante. Il domptera le bois qui se pliera à sa volonté, tout comme lui-même a accepté et vaincu les défis de la vie.

Il maîtrise son métier de menuisier charpentier. Il est fier de cette occupation d'homme libre qui lui permet de vivre aisément. La sueur sinue sur son crâne et trace une rigole dans son dos.

Il s'essuie le visage avec le mouchoir propre que lui a glissé Elisabeth ce matin. Les madriers sont taillés. Six pouces d'épaisseur sur dix-huit de largeur. Il se représente mentalement le placement de chacun dans la reconstruction du plancher et du plafond. Il choisit une première pièce et l'enjambe.

Avec l'herminette, il en régularise les bords. Les copeaux s'amoncellent à ses pieds.

Le travail avance bien. Gabriel fait transporter les madriers nécessaires à la remise en état de l'aile est. Il escalade l'échelle pour superviser les travaux du toit. Une fois en équilibre sur une poutre étroite, il distingue mieux la suite du chantier. Concentré, il calcule, redéfinit et rebâtit en pensée les pièces détruites de la grand 'case. Il connait parfaitement leur ancien agencement pour avoir été le garde de confiance d'Enguerrand. Il s'avance vers le bout du madrier pour mieux voir.

En bas, des appels le sortent de sa réflexion. Il est surpris d'apercevoir Louna qui court vers la maison. Il se tourne rapidement. Trop rapidement. Son pied glisse. Il essaie de se rattraper aux planches déjà installées. Ses mains n'ont pas de prise assez ferme et battent dans le vide. Il tombe en heurtant à deux reprises les poutres entrecroisées. Il pousse un cri tandis qu'il atterrit lourdement sur le plancher en contrebas. La douleur aiguë dans sa jambe est immédiate. Incrédule, il se penche pour tâter le bas de son pantalon avant de porter la main à ses yeux, pleine de sang.

Louna horrifiée s'élance vers Gabriel.

— Papa ! Doux Jésus !

Elle se laisse tomber à son côté en soutenant sa tête.

— Papa ! souffle-t-elle.

Gabriel relève le buste pour constater l'étendue des dégâts. Une longue écharde de bois est fichée dans son mollet. Serrant les dents, il l'attrape à pleines mains et la retire sans pouvoir étouffer un hurlement.

Estelle, alertée, donne des ordres précis aux esclaves qui se sont avancés. L'une d'elles confectionne un garrot pour contenir le saignement et presse un linge propre sur la blessure. Gabriel gémit de douleur et se mord les lèvres quand Estelle désinfecte la plaie avec du tafia. Elle parait soucieuse. « Gabriel, tu devras te reposer, tu ne pourras pas t'occuper du chantier tout de suite, j'en ai peur. » Et se tournant vers Louna : « Ma fille, ramène ton père chez lui. Tu pourras rester là-bas tant qu'il ne sera pas remis. Vous autres, allez chercher Hector, il les conduira rue des Irlandais. »

Louna lève les yeux vers Estelle « Madame…

— Ne t'inquiète pas Louna, je verrai avec Monsieur. Pars tranquille. »

32 – PROMESSE

Dans la carriole, Gabriel serre les dents sur les cahots de la descente vers la ville. Le trajet est interminable avec les trous que ne peut éviter le cocher et sa lenteur précautionneuse. En la guettant du coin de l'œil, Hector attend un regard de Louna mais elle ne s'occupe que de son père, essuyant son front couvert de sueur. Gardant ses reproches, Hector amène la jeune femme rue des Irlandais. Elle descend de la charrette sans le regarder et lance en même temps qu'elle ouvre la porte :

> — Maman ! Maman Lisa, tu es là ?
> — Je suis là, *ich mwen chè* ! Elisabeth lâche la louche de savon qu'elle tenait avant d'accourir du fond de la buanderie et de serrer sa fille dans ses bras.
> — Maman, c'est père….

Elisabeth découvre Gabriel grimaçant de douleur et soutenu par Hector, le sang dégouttant de sa jambe bandée.

> — Seigneur ! Mon Gaby ! Venez, installons-le dans la chambre ! Pose-le Hector, voilà, doucement…

Alerté par les voix, Frans sort de la pièce où il dormait. Une méchante barbe de plusieurs jours lui mange le visage, creusant ses joues émaciées. Louna se dresse devant lui, muette de stupeur.

Les affres de l'endettement et de la ruine, le couperet des promesses non tenues, le mariage compromis avec Thialda l'héritière hollandaise, s'évanouissent devant le regard insondable, la grâce altière, la vivacité si expressive. Il en pleurerait de gratitude. Oubliés la position sociale, la ségrégation, l'opprobre.

La promesse d'une vie de félicité avec Louna s'annonçait possible, s'il relevait le défi. Il suffirait qu'il ose, qu'il ait la force de défendre son choix, qu'il brandisse son amour pour elle. Louna n'a pas bougé.

— Que fait-il ici ?! demande-t-elle en se tournant vers sa mère. Dans votre maison ?!

— Ton père l'a recueilli. Il est rescapé du naufrage d'un bateau. Mais ?... Tu le connais ?!

Louna voudrait répondre. Par où commencer ? Mille pensées se bousculent. Frans ne cache pas le sourire qui illumine son visage fatigué. Il ignore que sans nouvelles de lui depuis des semaines, elle se résolvait à accepter le sort que lui prédisait Hector, patient comme un vautour. « Tu sais, Louna, les gens changent, ils ne tiennent pas toujours leurs belles promesses. Les hommes sont comme ça, une fois qu'ils ont eu ce qu'ils voulaient. ». Louna restait sourde et stoïque en apparence mais le venin d'Hector distillait doutes et incertitudes.

Hector est dépité. Elisabeth se demande comment sa fille peut-elle connaitre ce blanc qui la dévore des yeux avec un tel mélange de désir et de douceur. Quels secrets Louna a-t-elle gardés ?

— C'est normal Lisa chérie, souffle Gabriel, il est en affaires avec Monsieur.

Elisabeth ne s'en laisse pas conter, « Ma fille, soignons d'abord ton père, tu m'expliqueras tout ensuite. ».

33 – INCENDIE

Frans se tient debout dans la cuisine, son profil en lame de couteau se découpe dans la lumière pâle du petit matin, mâchoires serrées de dépit. Gabriel, faible et amaigri, boitille pour se déplacer, en s'appuyant sur une canne de figuier.

— Gabriel, je veux savoir qui a volé mes douves, ce n'était pas des corsaires. Ils n'ont pas fait de prisonniers, l'équipage a été massacré, froidement. Aucune loi de la mer entre nations n'a été respectée. Le profit n'explique pas tout. Si vous ne venez pas avec moi, j'irai seul mais je comprends, vous êtes blessé…

Gabriel lève les mains en signe de dénégation et secoue la tête.

— Monsieur Frans, la personne qui a fait cela n'a ni Dieu, ni maître. Ce quelqu'un doit être très puissant et ne craint pas d'être poursuivi. Nous sommes peu de choses face à lui. Il nous tuera sans pitié.

*

Les regards de Louna, l'attente suppliante de Frans devant elle, leur façon discrète de s'effleurer quand ils ne se pensaient pas observés avaient décidé Gabriel. Malgré les adjurations d'Elisabeth, il avait accompagné le Hollandais.

— Gaby, s'ils te prennent, cette fois c'est la corde ! As-tu pensé à nous ? S'il t'arrivait malheur, je ne pourrais pas le supporter…. La voix brisée, elle s'était interrompue.

— Elisabeth, il aime notre fille. Cela se voit comme le nez au milieu de la figure. Je n'ai pas pu la protéger petite, je vais lui garder cet homme qui prendra soin d'elle maintenant. Elle pourra partir de la Roxelane avec lui.

— Mon Gaby, tu es blessé, ta jambe…

— Ma jambe va bien.

Eusèbe, l'ami de toujours, avait refusé de venir. Son absence allait peser lourdement sur cette entreprise périlleuse. Il avait soutenu Gabriel maintes et maintes fois mais le projet des deux hommes lui paraissait trop risqué aujourd'hui. François Delpierre, un frère Maçon avait laissé échapper à la fin d'une tenue de la loge *Parfaite Union et Fraternité*, que les hommes de Charles de la Cerisaie avaient entreposé des douves qui pouvaient venir du *Rebecca*.

« *Han-han*, mon bougre ! avait-il dit gravement à Gabriel. J'ai encore un peu de vie devant moi. Je ne vais pas tenter les békés. Ils seraient trop contents d'avoir une raison de me pendre. »

A la faveur de la nuit, Frans et Gabriel trouvent un moyen d'entrer dans les entrepôts de Charles de la Cerisaie. Lorsqu'ils pénètrent dans l'obscurité du hangar poussiéreux, la lanterne dévoile l'objet de leur quête. Derrière les habituels tonneaux de sucre, les douves volées sont là, soigneusement recouvertes d'une bâche. Seule une petite partie a été vendue sur la place du Mouillage. Toute la fortune envolée du Hollandais repose dans cet entrepôt. Le bois encore humide luit doucement dans le noir. Frans contourne les planches entassées.

Une cavalcade et des voix étouffées les surprennent. Les deux hommes glissent silencieusement vers les portes. C'est Enguerrand à la tête d'une dizaine de cavaliers. Affolé, Frans épaule son fusil et le met en joue. Gabriel l'arrête d'un geste. Enguerrand descend de sa monture et se dirige vers les portes de l'entrepôt qu'il ouvre en grand. Impossible de se cacher. Les trois hommes s'affrontent.

— C'est vous ?!?

Dans l'obscurité, le profil menaçant d'Enguerrand se dessine. Le canon de son fusil va de Frans à Gabriel et revient viser Frans.

— Vous étiez de mèche avec La Cerisaie ? Vous avez osé me flouer ?

Frans s'avance, les mains levées en signe de dénégation.

— Non ! Je vous en prie, écoutez-moi ! Tout ce que je sais c'est que mon navire a été attaqué et que mes douves sont dans cet entrepôt.

— N'avancez pas et jetez votre fusil ! Et toi ? en visant de
nouveau Gabriel. Que viens-tu faire ici ? Tu t'es aussi
accoquiné avec un béké ? Comment tu as fait ?
— Je ne connais pas ce La Cerisaie… j'ai aidé cet homme qui
allait se noyer.
— Je te retrouve toujours sur mon chemin ! Je vais te faire
disparaitre une fois pour toutes !

Lâchant son fusil, Enguerrand s'avance et abat son poing sur le coin de la mâchoire de Gabriel. Celui-ci handicapé par sa jambe blessée n'a pas pu esquiver. Il va chuter lourdement contre les tonneaux et les douves, renversant la lanterne qu'il tenait à la main. Enguerrand empoigne Gabriel par le col de sa chemise. Cette fois Gabriel riposte. Les deux hommes roulent à terre pendant que la lanterne enflamme le bois de l'entrepôt. Sans entendre les exhortations affolées de ses hommes, le planteur continue à frapper Gabriel. A une vitesse folle, le feu s'élance et embrase la paille et les poteaux du hangar. Enguerrand se relève, essoufflé. Un des hommes lui amène son cheval. Au sol, immobile et sonné, Gabriel est inconscient. Frans le secoue avant de le relever. Le feu gronde furieusement. En toussant, les deux hommes cherchent une issue. Un vacarme assourdissant. Le plafond s'écroule au moment où ils vont sortir.

Un nuage de poussière et de débris. Les poutres s'effondrent. Le feu se propage aux entrepôts voisins. Enguerrand fuit et guide son cheval à travers les flammes qui embrasent son dos. Sortir de ce brasier et retrouver l'air libre.

Donnant des éperons, il lui semble entendre la voix de la vieille esclave près de la mare, bien des années plus tôt, quand il s'était battu avec Gabriel. Et son ordre. *Ne le tue pas ! C'est ton frère !* Elle avait empêché Gabriel de lui porter le coup fatal. Elle avait raconté que sa mère, Madeleine l'ancienne fille de l'Hôtel Dieu, Madeleine au parfum de fleurs, avait forcé Athanase le jeune esclave, à coucher avec elle.

La maîtresse blanche, épouse d'Antoine le puissant planteur, avait craint de donner le jour à un enfant noir. La quimboiseuse[42] avait essayé de faire passer le bébé. Mais l'enfant s'était accroché à la matrice et Madeleine avait donné naissance à Enguerrand. La vieille esclave avait raconté le soulagement de tous à sa vue. *Ce garçon si beau, si blanc, si robuste ! L'amour et la fierté d'Antoine pour son fils, Enguerrand de Bourdeuil, l'héritier de la Roxelane.*

Le pacte secret des esclaves. Laisser vivre l'enfant à moitié de leur race, à moitié de leur sang. Ne rien dévoiler. Veiller sur lui et sa lignée.

Une digue lâche. Sans qu'il réfléchisse, un remords s'empare d'Enguerrand. Il tourne bride à contre-cœur.

Sa monture renâcle et se cabre, refusant de retourner vers le brasier grondant. Talons pressés contre les flancs nerveux, il

---

[42] Sorcière, voyante

claque les rênes. Une silhouette fantomatique émerge en boitant à travers la fumée. Aiguillonnant sa monture, Enguerrand tend le bras à Gabriel qui monte à cru derrière lui. Suivi des hommes de son expédition, il traverse la ville à tombeau ouvert.

La remontée à la Roxelane est longue et périlleuse dans l'obscurité. Les soldats de la Cerisaie ont découvert l'incendie et les poursuivent. Les cavaliers d'Enguerrand se dispersent avant d'être engloutis par la nuit. Seuls deux hommes restent avec lui. Rentrer se mettre à couvert et nier tout en faisant diversion sera sa défense, s'il parvient à la Roxelane avant les poursuivants.

Estelle, enveloppée d'un châle accueille Enguerrand sur le perron. Les deux hommes qui l'accompagnaient courent à l'écurie. Elle se précipite vers son mari et l'aide à soutenir Gabriel qui a perdu connaissance. Le bas de son pantalon est couvert de sang. Elle installe elle-même le blessé dans une des chambres pour éviter les témoins et risquer une dénonciation s'ils étaient interrogés. Enguerrand dépose Gabriel toujours inconscient, sur le lit débarrassé de sa courtepointe. Estelle s'active avec une bassine d'eau chaude et des linges propres. Au-dessus du lit, où repose le blessé, elle se penche vers Enguerrand. Elle a pour lui un regard d'une tendresse infinie.

— Enguerrand mon ami, je vous retrouve enfin.

Elle contourne le lit et rejoint son mari qui l'étreint en enfouissant son visage dans ses cheveux. Enlacés, ils quittent Gabriel et traversent les galeries désertes pour regagner leur chambre. Là, Estelle déboutonne la chemise d'Enguerrand tandis qu'il repousse le châle qui réchauffait les épaules de sa femme. La fine chemise de nuit laisse deviner les seins lourds et plantureux. Les mains d'Enguerrand s'agrippent à la taille d'Estelle pour remonter le long de son dos et revenir sur sa poitrine, palper et pétrir, embrasser et adorer.

Estelle, le souffle court, caresse les épaules musclées avant d'empoigner les boucles brunes aux fils d'argent. Impatient, Enguerrand la pousse vers le lit sans la lâcher, leurs bouches liées par les baisers. Ils basculent ensemble tandis qu'il remonte sa chemise et qu'elle l'accueille enfin. Son époux.

34 – REFUGE

Frans a couru chez Gabriel et Elisabeth, rue des Irlandais. Louna lui ouvre la porte à peine a-t-il frappé. « Qu'est-il arrivé ? Où est mon père ? ». Son regard perce la nuit derrière le marchand sans rien découvrir. A bout de forces, Frans s'assoit sur la première chaise venue. Elisabeth, enveloppée d'un châle et les cheveux enroulés pour la nuit, les rejoint, une lampe à huile à la main.

— Il est avec de Bourdeuil… Ils sont remontés à la Roxelane…

Anxieuse, Louna le presse.

— Comment cela ?! Il l'a emmené et tu n'as rien fait pour l'en empêcher ?! Et tu es ici devant moi !
— Il l'a sauvé de l'incendie, il est retourné le chercher quand l'entrepôt a pris feu.
— Tu mens ! Jamais Monsieur n'aurait risqué sa vie pour mon père, il le déteste !
— Je te jure que c'est vrai, Louna. Elisabeth, il faut me croire insiste-t-il en se tournant vers la lavandière.

Il l'a pris en croupe sur son cheval et ses hommes et lui sont repartis vers la montagne. Les miliciens du gouverneur étaient sur le point de nous arrêter. J'ai couru jusqu'ici pour leur échapper. « Les soldats vont venir ici ? » s'exclame Elisabeth.

— Non, non, ils ne nous ont pas vus mais nous les avons entendus. Nous avons eu le temps de nous sauver. Rien ne les relie à vous.
— Sainte Vierge, que devons-nous faire maintenant ?
— Enguerrand a eu la preuve qu'il souhaitait et moi aussi mais elle s'est envolée en fumée. Le bois est perdu pour tout le monde maintenant.
— Le bois ! Il est bien question du bois ! Tu ne penses qu'à toi et à ton argent ! Et mon père ?! suffoque Louna.

Frans se lève et s'approche. Elle recule et poings fermés le frappe à la poitrine. Elle fond en larmes et sanglote éperdument. Frans la laisse faire tout en l'entourant de ses bras.

— Louna, calme-toi, je te promets, il ne lui arrivera rien…, il reviendra sain et sauf… Je l'attendrai avec toi. Ne t'inquiète pas, je reste ici avec toi ma Louna.

Sûr de lui maintenant et résolu, il berce la jeune femme contre lui. Son avenir et sa vie sont ici, avec elle. Il relèvera tous les défis. Vaincue par le chagrin, Louna pose la tête contre son torse. Il l'enveloppe étroitement « Là, là, tout ira bien… ».

Elisabeth, silencieuse, les laisse à leur étreinte.

35– QUARTIER DU MOUILLAGE

Le lendemain est un dimanche. Elisabeth se rend seule à la messe de l'église du Mouillage. A genoux durant l'office, mains jointes et yeux clos, elle implore le Ciel. Son époux, ses enfants, c'est tout son univers qui vacille. Elle n'ose envisager la perte de Gabriel. Elle est obligée de porter foi aux dires de Frans. Louna vit une histoire qu'elle espère amoureuse mais que restera-t-il d'elle si cet amour venait à la broyer ? Et Maxence, son fils ?

Elle était si fière de le savoir dans la milice ! Elle lui imaginait un avenir plus serein, de l'avancement, une respectabilité. Elle le voyait déjà défiler en uniforme dans les rues de Saint-Pierre durant la Fête-Dieu. Elle était loin de se douter de la soudaineté des attaques anglaises.

L'odeur d'encens et la fraicheur de l'édifice la rassérènent un moment. Elle se relève lourdement et époussette sa robe.

Elle croise Eugénie à la sortie de la messe. Celle-ci s'apprête à acheter les légumes nécessaires au *kalalou*[43] du lundi, au marché du parvis. L'animation du lieu contraste avec les mines pieuses et recueillies.

Le Supérieur des Jacobins, curé de la paroisse avait demandé à maintes reprises que le marché soit déplacé car les cris et appels des vendeuses empêchait les fidèles de suivre correctement le sermon et gênait le bon déroulement du service divin. Mais malgré les ordonnances successives, les marchandes revenaient installer leurs tréteaux arguant que le lieu convenait aux fidèles, aux marins et autres promeneurs qui trouvaient là moyen plus confortable de faire leurs emplettes. On y trouvait, œufs, volailles, légumes et toutes sortes de denrées.

Eugénie l'accoste. « Quelles nouvelles ma chère ? Tu as l'air bien sombre ! »

---

[43] Soupe verte consommée traditionnellement après les excès du dimanche

— Je ne sais pas si je peux t'en parler….

Eugénie prend l'air outragé « Voyons Lisa, je sais bien qu'il faut se serrer les coudes. Peut-être que je peux t'aider ? »

— C'est grave, très grave.

A voix basse, en quelques mots, Elisabeth résume à Eugénie les péripéties nocturnes de Gabriel. Elle conclut les larmes aux yeux. « Nous hébergeons un Blanc recherché par les gens d'armes. Louna est amoureuse de lui. Gabriel est chez son ancien maître, blessé et à sa merci. Et Maxence est porté disparu. »

— Un bateau arrive bientôt, les voiles étaient en vue tout à l'heure, tu devrais aller voir, on ne sait jamais. Martial m'a dit qu'il transportait des soldats toutes armes confondues. Courage, ma fille, tout va s'arranger.
— Si seulement, soupire Elisabeth.

La lavandière quitte l'épicerie, défaite et abattue. Elle passe par le quartier du Mouillage pour revenir rue des Irlandais. Comme d'habitude ce quartier grouille d'une activité ininterrompue. Après les plaisirs de la nuit des auberges et des tavernes, les affaires de jour reprennent leurs droits. Les commissionnaires prospères attendent devant la maison du commerce et une foule joyeuse et bruyante piétine déjà sur les quais. Planteurs importants, négociants, femmes à ombrelles, manouvriers en quête d'une tâche pour cinq sous, déambulent parmi les stocks de marchandises.

Voiles affalées, le trois-mâts accoste. Sur le pont, les soldats forment les rangs. La passerelle est amenée sur le quai. Martellement de bottes, cliquetis d'épée. Les hommes descendent en bon ordre. Avant de se ruer vers leurs proches qui les accueillent avec des cris de joie.

Envieuse et le cœur serré, Elisabeth regarde un jeune homme se jeter dans les bras d'une femme un peu forte mais qu'il n'a aucune peine à soulever de terre en la faisant tournoyer. La femme rit aux éclats. C'en est trop pour Elisabeth qui tourne les talons et presse le pas pour rentrer. Elle fend la foule, son panier comme un bouclier devant elle.

Une main se pose sur son épaule. Elle se retourne. Son fils est là devant elle. Maigre, regard endurci et mûri d'épreuves inconnues, mais vivant.

— Maman…
— Maxence !!! *Ich mwen chè* !

Elisabeth donne libre cours à ses larmes de joie. Mère et fils s'étreignent, indifférents à la rumeur de la foule autour d'eux.

36 – FETE-DIEU

Des éclats de voix à l'entrée de *la Roxelane* troublent le calme de la matinée. Dans sa chambre à l'étage, mains plaquées sur la bouche pour ne pas crier, Charlotte écoute les accusations portées contre son père par les soldats attachés à la garde de Charles de la Cerisaie.

Enguerrand, Estelle à ses côtés, se défend avec aplomb. Aucune douve ne se trouve chez lui. Si un incendie a détruit les entrepôts du conseiller, en quoi est-il concerné ?

Que dire des planteurs qui enfreignent l'Exclusif au vu et au su de tous ? Le conseiller doit certainement garder en mémoire le soulèvement du Gaoulé, d'il y a quinze ans à peine, où les colons avaient embarqué sur un navire *manu militari* le Gouverneur et l'Intendant du Roi ? Un tel évènement ne serait pas impossible aujourd'hui avec les forces armées des colons et la parentèle de chacun, prête à suivre qui le lui demandera, si ses intérêts sont menacés.

La garde rapprochée d'Enguerrand, fusil à l'épaule et faussement indifférente est sur le qui-vive. Les soldats repartent à contre-cœur.

Charlotte file par l'une des portes arrière.

— Dépêchez-vous ! Amenez la charrette ! crie-t-elle à Simon et Hector.
— Mam'zelle Charlotte… Vous êtes seule ? Que dira votre père ?
— Faites ce que je vous dis !

Une heure plus tard, elle se présente à l'habitation la Cerisaie, insouciante des convenances, sans invitation et sans chaperon. Elle demande à voir Louis. Yeux baissés, une esclave explique qu'il est aux entrepôts de son père.

*

La Fête-Dieu bat son plein dans la ville de Saint-Pierre. La procession religieuse est menée par les deux curés des paroisses réservées aux Noirs. Chants et danses effrénées du petit peuple du port vêtu de tenues chamarrées, attirent de nombreux curieux. Charlotte est furieuse. La charrette est ralentie par la foule bruyante et animée. La musique et les tambours sont assourdissants. Prise d'une impulsion, elle descend de la charrette avant que les gardes ne puissent la retenir.

— Attendez-moi là, je reviens !
— Non ! Mam'zelle Charlotte, non !

— Cours, va la chercher ! ordonne Hector à Simon

Charlotte relevant ses jupes a déjà tourné au coin de la rue.

— Il faut la retrouver ! Monsieur va nous tuer si on ne lui ramène pas sa fille !

Devant les entrepôts calcinés, Louis examine les dégâts de l'incendie tout en écoutant les menuisiers. Charlotte s'arrête pour reprendre son souffle. Le jeune homme surpris, l'aperçoit et court à sa rencontre. Il n'a pas le temps de la questionner.

— Louis ! Dites-moi que ce n'est pas vrai, que vous ne saviez rien, dites-moi ce que vous voulez ! Tout … ! Mais pas ça !

— Charlotte ! De quoi parlez-vous ?

— Votre père a comploté contre le mien, il a voulu l'emprisonner ! Il souhaite sa ruine !

— Que dites-vous ? Charlotte, c'est insensé ! J'ignore tout des projets de mon père, je ne le crois pas capable de cela, pourquoi nuire au vôtre d'ailleurs ? Ils siègent au conseil ensemble.

— Ne soyez pas naïf, Louis. Il aurait des tas de raisons. Le profit gagné par mon père. Ses plantations. Sa richesse…

A bout de souffle et au bord des larmes, Charlotte s'arrête. Louis l'entraîne à l'écart. « Je ne suis pas mon père. Charlotte, nous avions des projets communs, les partagez-vous toujours ? »

— Je dois y réfléchir, Louis. Je ne vais pas remonter à l'habitation maintenant. Pouvez-vous… ?

Louis comprend à demi-mot. « Venez, je vais vous conduire en ville chez une connaissance. »

*

La nuit va bientôt tomber. Au port, un couple attend près d'un navire à quai. C'est Charlotte et Louis. Le trois-mâts se balance mollement au gré de la houle, bouts et cordages grinçant contre le bois. Louis serre les mains de sa compagne, vêtue d'un manteau léger à large capuche. A son bras, une sacoche de cuir, comme en portent les médecins. « Le bateau appareille bientôt, Charlotte. Vous pouvez encore changer d'avis. » La voix mal assurée, la jeune femme répond pourtant « Oui, Louis, je pars avec vous. »

Et résolument elle lui prend le bras pour monter sur la passerelle.
Le *Phoenix* larguera les amarres le soir même à destination de l'Amérique.

37 – PETIT HOMME

A l'habitation O 'Leary, les cheveux trempés de sueur étalés sur l'oreiller, Clarissa vient de donner naissance à son premier enfant. Dans l'attente de la délivrance, elle a voulu y retrouver la sécurité de ses jeunes années. Connor son époux a été compréhensif.

Epuisée, elle reprend son souffle en tentant de se redresser. Margaret éponge son front d'un linge humide tandis que la sage-femme s'affaire auprès du bébé. Connor fait irruption dans la chambre. Il attendait, nerveux et angoissé, derrière la porte. Il s'installe à côté de Clarissa et lui saisit la main.

La matrone présente le paquet emmailloté à la jeune mère.

— C'est un beau garçon, madame. Vous pouvez être fière ! Il est bien costaud.

L'enfant ouvre les yeux en vagissant. Son regard couleur de miel lui transperce le cœur aussitôt. Elle reconnaît ces yeux magnifiques. Ceux de Maxence. Elle souffle doucement sur le fin duvet châtain qui recouvre le crâne délicat de l'enfant. Un bonheur indicible l'envahit.

— Mon petit homme, murmure la jeune mère, débordant de joie et d'amour. Mon bel enfant. Nous t'appellerons Keyne.

*

ARBRES GENEALOGIQUES

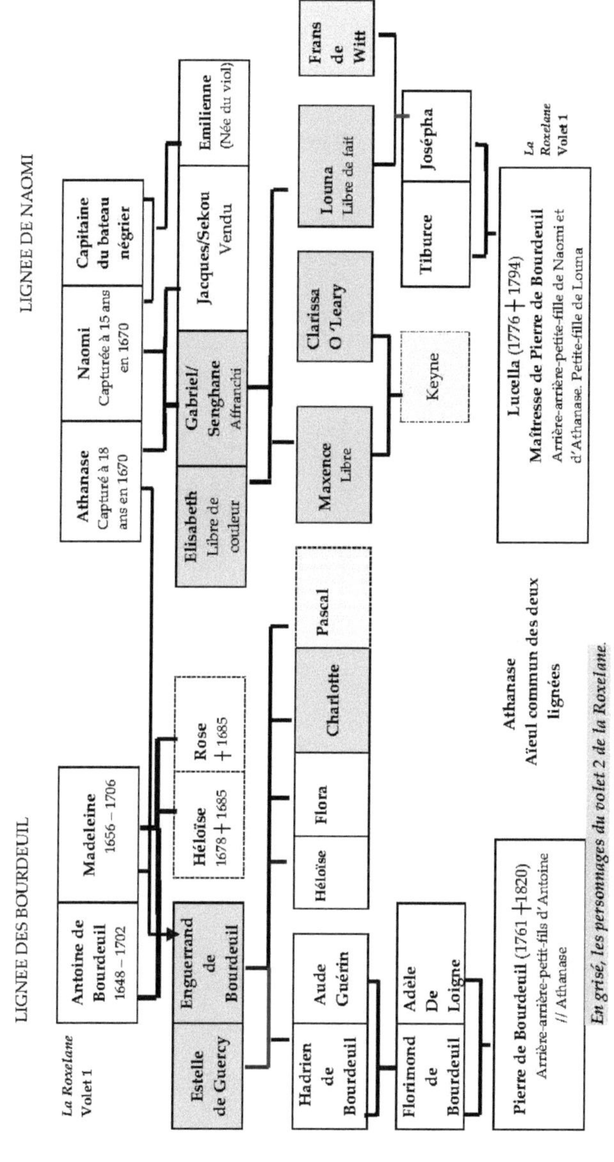

LIGNEE DES O'LEARY

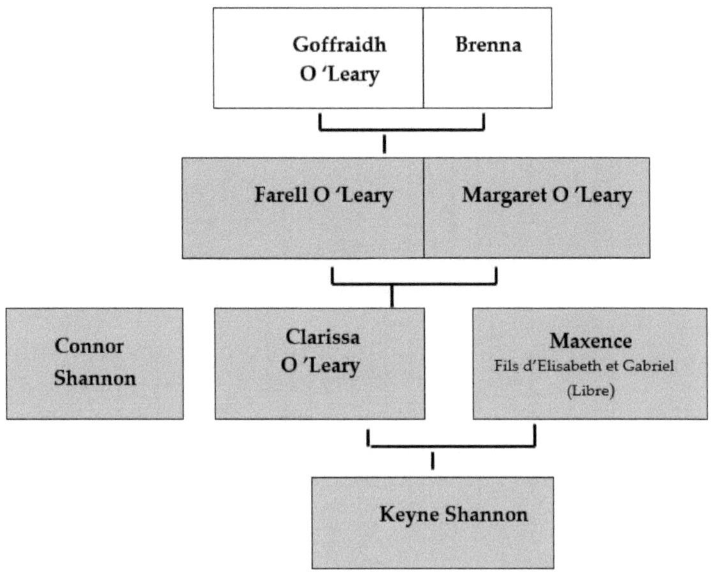

CARTE GEOGRAPHIQUE

Les Petites Antilles dans la première moitié du XVIIIe siècle

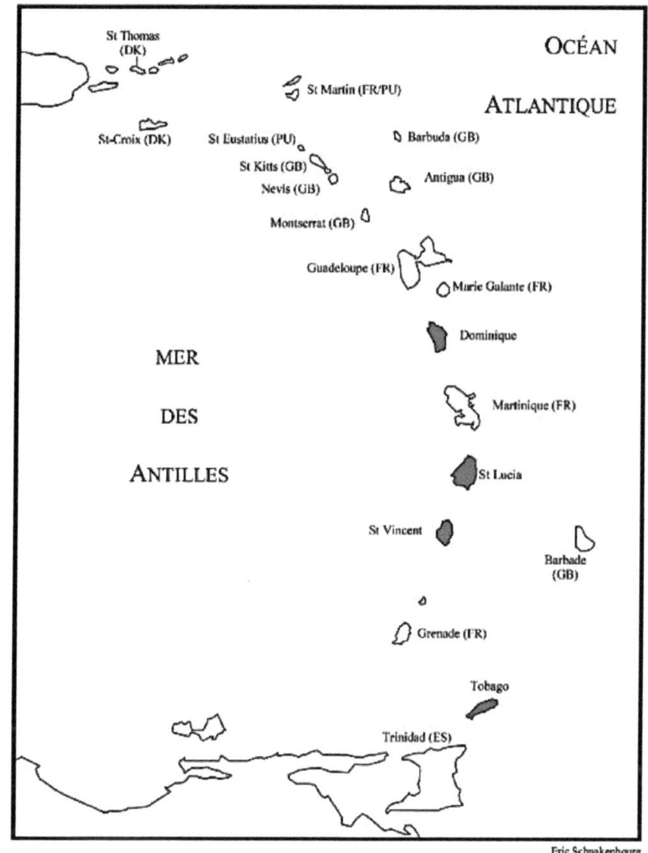

Revue d'Histoire, Outres-Mers

NOTES DE L'AUTEUR ET REMERCIEMENTS

La suite de *la Roxelane* répond aux interrogations sur le devenir des deux enfants d'Elisabeth et Gabriel : Louna, le bébé volé et Maxence, le fils retrouvé. Durant le 18ème siècle, les libres de couleur accèdent à une vie meilleure et acquièrent des droits, gagnés puis reperdus, au gré des mesures vexatoires et discriminatoires.

Après *la Roxelane* et les horreurs de l'esclavage au début de la colonisation, ce deuxième volet aborde l'évolution des libres de couleur et des affranchis. Ils joueront un rôle important aux Antilles durant la Révolution et l'obtention de la première Abolition en 1794, avant l'Abolition définitive de 1848.

Je me suis appuyée sur les travaux d'historiens pour ne pas m'éloigner du contexte tout en racontant une histoire qui laisserait vivre les personnages. Les recherches d'Abel Louis sur les *libres de couleur*, celles de Myriam Alamkan sur *l'Histoire maritime des Petites Antilles au XVIIe et XVIIIe siècles* m'ont été très utiles. Les travaux de Boris Lesueur concernant *les troupes coloniales aux Antilles* sous l'Ancien Régime, ont été des sources précieuses.

J'ai cité la correspondance d'un acteur et témoin de l'époque : celle du grand maître de la loge *Parfaite Union et tendre fraternité réunies. Le secret des francs-maçons* de Joseph Uriot m'a fourni de nombreux détails sur les rituels. Les *annales du Conseil souverain de la Martinique* ont donné un cadre législatif à quelques chapitres.

Toutes les libertés prises sont intentionnelles. Elles ont servi à embellir la narration.

J'ai rendu hommage à mes ancêtres à travers ce roman. Ils m'ont accompagnée en pensée tout au long de l'écriture et font une courte apparition au chapitre « A l'assaut de la terre ». Durant mes recherches sur l'arbre généalogique de ma famille, j'ai découvert que Prudence, la lavandière, petite-fille d'une esclave née au Zaïre avant sa captivité, avait vécu avec Louis Coutant, le vigneron venu du village de Dracé, en Auvergne-Rhône-Alpes. Ils ont eu quatre enfants que Louis a reconnus. Ce sont mes aïeux paternels. Prudence et Louis ont vraisemblablement connu des jours difficiles mais heureux, avec leur amour hors normes dans cette époque intolérante où seuls quelques espoirs étaient permis. Mon récit les place à Saint-Pierre cependant ils ont vécu au Robert, au lieu-dit « la Moïse ».

Comme de nombreuses autres aux Antilles, ma famille mêle diverses origines. Etienne d'Anglebermes, le procureur du Roi est l'un des ancêtres du père de mon fils.

Je remercie Benoît pour son amour et son soutien.

Je remercie Gilles qui ne se soucie ni d'histoire ni d'écriture mais qui me rappelle par sa joie de vivre et sa résilience obstinée, où réside l'essence de la vie.

*

Ceux qui ont lutté dans les siècles disparus, à quelque parti, à quelque religion, à quelque doctrine qu'ils aient appartenu, mais par cela seul qu'ils étaient des hommes qui pensaient, qui désiraient, qui souffraient, qui cherchaient une issue, ils ont tous été [...], par la puissance invincible de la vie, des forces de mouvement, d'impulsion, de transformation et c'est nous qui recueillons ces frémissements, ces tressaillements, ces mouvements, c'est nous qui sommes fidèles à toute cette action du passé, comme c'est en allant vers la mer que le fleuve est fidèle à sa source.

Jean Jaurès

Table des matières